KB179750

작은 이야기, 큰 깨달음

- 행복을 주는 방법 -

초판 1쇄 인쇄 2018년 4월 2일
초판 1쇄 발행 2018년 4월 5일
지 은 이 김승일
발 행 인 김승일
디 자 인 조경미
일러스트 김호빈
펴 낸 곳 경지출판사
출판등록 제2015-000026호

판매 및 공급처 도서출판 징검다리
주소 경기도 파주시 산남로 85-8
Tel : 031-957-3890~1 **Fax** : 031-957-3889 **e-mail** : zinggumdari@hanmail.net

ISBN 979-11-88783-30-4 03820

작은 이야기, 큰 깨달음

- 행복을 주는 방법 -

김승일 지음

경지출판사
Korea Wisdom China

C/O/N/T/E/N/T/S

프롤로그 Prologue · 12

1. 물 한잔, 빵 한 조각의 위대함 · 16

2. 아버지의 '한 시간'을 사고 싶었던 어린 아들의 소원 · 19

3. 사랑에는 지체의 높고 낮음이 없다 · 23

4. 세상에서 가장 부유한 자산은 사랑이 있는 가정이다 · 25

5. 원수까지 포용할 수 있는 넓은 아량을 가진 자만이
   리더가 될 수 있다. · 27

6. "어른이 될 때까지 저를 기다려주세요" · 30

7. 친구라면 의심하지 말고 무조건 믿어야 한다 · 33

8. 성공과 재부(財富)도 사랑이 있어야 따라 온다 · 35

9. 사랑의 현묘한 이치 · 38

10. 사랑의 힘 · 40

11. 시간이 지나고 나서야 사랑이 무엇인지를 안다 · 42

12. 가장 뜨거운 사랑 · 45

13. 진정한 사랑 · 48

14. 말 보다 행동으로 하는 사랑의 묘미 · 50

15. 드러내지 않는 사랑의 신성함 · 52

16. 저승사자도 염원을 기원하는 사람은 두려워한다 · 54

17. 손잡고 함께 한 인생의 아름다움 · 56

18. 도마뱀의 헌신 · 58

19. 청개구리 왕자의 푸념 · 60

20. 용기란 마음과 영혼에서 나오는 힘이다 · 62

21. 사랑은 잡으려 하면 할수록 멀어 진다 · 64

22. 결혼은 '좋아한다'는 말 한마디로 결정되는 게 아니다 · 66

23. '믿음'의 연애학 · 69

C/O/N/T/E/N/T/S

24. 아름다운 옆모습의 사진 한 장 · 71

25. 어머니의 자랑스런 보석 · 73

26. 엄마에게 미운 자식은 없다 · 76

27. 어미 낙타의 헌신적 사랑 · 78

28. 무릎까지 꿇으며 애원하던 어미 소의 모성애 · 80

29. 자식은 부모를 보며 성장한다. · 82

30. 아버지의 타이름을 경시한 자식들의 패가망신 · 85

31. 창고 안을 가득 채운 불빛 · 88

32. 닫힌 마음을 열어야 따스함을 느낄 수 있다. · 90

33. 이해와 도움만이 상대방의 마음을 열 수 있다. · 92

34. 사랑과 배려는 상대방을 안도시킨다 · 94

35. '책임'이라는 짐을 내려놓자 · 96

36. 좋고 나쁨은 자신의 마음에 달려있다. · 98

37. 칭찬과 비판에는 일정한 도가 있어야 한다 · 101

38. 주는 만큼 받는 것이 인간관계의 법칙 · 103

39. 나의 잘못을 지적해준 한 통의 편지 · 105

40. 잊을 수 없는 친구의 도움 · 108

41. 아량은 원한의 굴레를 벗겨준다 · 110

42. 미소는 사랑과 행복의 밑거름 · 112

43. 통장 없는 저축 · 115

44. 남을 돕는 것이 곧 자신을 돕는 것이다 · 117

45. 어진 마음은 눈빛으로 나타난다 · 120

46. 하는 짓을 보면 열을 알 수 있다. · 123

47. 상대방을 내 의도대로 장악하려 하지 말라 · 125

C/O/N/T/E/N/T/S

48. 베푸는 대로 돌려받기 마련이다. · 128

49. 몸에 난 상처보다 훨씬 큰 마음의 상처 · 129

50. 친할수록 거리를 두어야 한다 · 131

51. 은혜를 받았으면 항상 염두에 두고 갚는 것이 도리이다 · 133

52. 공동 소유라 해도 결국은 자기 것이다 · 135

53. 사랑의 의미 · 137

54. 사랑은 강요하는 게 아니라 더
    많은 자유를 주는 것이다. · 139

55. 생명체의 존엄과 인격은 평등하다 · 142

56. 먼저 베푸는 것만큼 좋은 행복수단은 없다 · 144

57. 남을 미워하는 것은 자신의 곤란함을 부르는 것이다 · 147

58. 곤경에 처하게 되면 남에게 의지하고 싶어진다 · 149

59. 사회적으로 고립되면 인간성,
    나아가 생명도 잃게 된다 · 152

60. 상대방에게 진실을 보여주어야,
   상대방도 진실을 보여준다 · 155

61. 아이들에게 투자하는 것만큼 노후의 기쁨은 없다 · 157

62. 삶과 죽음의 차이 · 159

63. 냉정한 마음은 죽음을 기다리는 마음이다. · 161

64. 인연은 사랑의 종착점 · 163

65. 자기 욕심을 위한 베품은 재앙을 불러온다 · 165

66. 씨앗을 뿌려야 열매를 얻을 수 있다. · 167

67. 진정으로 강한 사람은 남을 도울 줄 안다 · 170

68. 사랑만 있으면 꿈을 이룰 수도 있다. · 172

69. 횃불이 되어 암흑을 일깨워야 한다 · 174

70. 성별이 바뀌는 하이에나의 슬픔 · 176

71. 오만은 자신을 구렁텅이로 몰아넣는다 · 177

C/O/N/T/E/N/T/S

72. 당나귀의 짐을 몽땅 짊어진 어리석은 말　· 178

73. 신뢰를 저버리면 자신이 위험에 빠진다　· 179

74. 남을 불행에 빠뜨리면 자신도 불행에 빠지게 된다　· 182

75. 동료를 팔려고 한 꿩의 최후　· 184

76. 동물에 대한 애정과 인간에 대한 애정의 차이점　· 185

77. 친구를 배신한 후과　· 188

78. 세상일은 생각한 것과 정반대가 되는 경우가 많다　· 189

79. 무익한 친구만 두었던 병든 사슴의 후회　· 190

80. 나쁜 친구를 둔 황새의 최후　· 191

81. 옛 친구를 소중히 여기면 새 친구도 많아진다　· 193

82. 썩어가는 세태를 한탄하는 대인배의 탄식
　- 큰사랑이 필요한 시대 -　· 195

83. 총명한 자는 적을 친구로 만들고,
　우둔한 자는 친구를 적으로 만든다　· 197

84. 미워하는 사람일수록 친절하게
    대해주면 내 사람이 된다 · 199

85. 나쁜 짓은 언제나 후과가 뒤 따라 오기 마련이다 · 201

86. 도움은 말로 하는 게 아니라 행동으로 해야 한다 · 202

87. 자신의 이익만 챙기려 하는 자는
    누구의 도움도 받지 못한다 · 204

88. 평상심을 잃지 않고 행동하면
    반드시 좋은 결과가 기다린다. · 207

89. 진심을 내보이면 누구나 다 공감하기 마련이다 · 210

90. 우정은 대가에서 나오지 않고 진심에서 나온다 · 213

91. 동반자는 신중하게 골라야 한다 · 216

92. 상대를 대할 때는 언제나 진실함이 동반되어야 한다 · 218

93. 어려울 때 도움을 주는 친구가 진정한 친구이다 · 221

　남북·북미·한미일·한중·한러 등 주변국과의 국제문제, 트럼프 미 대통령의 보호무역의 파고가 몰고 올 향후 국제무역 전쟁에 대한 대처문제, '미투(#Me Too·나도 당했다)'운동으로 인해 소용돌이치고 있는 사회문제, 평창 동계올림픽을 통해 나타난 우리 사회의 구조적 문제 등 정신 차릴 틈도 없이 시간을 보내고 있는 오늘날에 우리는 살고 있다.

　그럴수록 우리를 되돌아보고 이러한 문제들을 어떻게 헤쳐 나가야 할 것인지 등에 대해 생각해보지 않을 수 없는 것 또한 우리의 책무이기도 하다.

　이럴 때 일수록 논리적이고 궤변적인 말을 통해서 설득하려 들기보다는 간단한 이야기를 통해 자신과 주의를 다시 한 번 되돌아보면서 스스로를 바라보는 시간을 갖는 것이 오히려 지혜로운 대처 방법이 아닐까 한다. 이러한 목적에서 이 책을 펴냄을 독자들이 성찰해 주었으면 하는 바람이다.

　한 짧은 이야기를 예로 들어 이 책의 구성 방향을 보여주고자 한다.

늙은 낙타 한 마리가 만년에 또 한 번 '죽음의 바다(死亡之海)'로 불리는 천리 사막을 넘어 돌아오는데 성공했다. 가축들은 늙은 영웅 낙타를 모시고 경험담을 듣기로 했다. 먼저 무리 중 가장 나이가 들어 보이는 당나귀 한 마리가 나서며,

"좋은 말씀 한마디 부탁드립니다."

하며 정중하게 청했다. 그러자 늙은 낙타는 별 것 아니라는 듯이,

"사실 별로 해줄 말이 없는데……."

하며 말을 아끼는 것인지, 정말 할 말이 없어서 그런지 시큰둥해 하는 것이었다. 그러자 옆에 있던 젊은 말이,

"그래도 저희들이 한 말씀 듣고자 이렇게 모였으니 한 말씀만 해주세요!"하며 원망스러운 투로 부탁했다. 그러자 할 수 없다는 듯이 늙은 낙타는 대수롭지 않은 어투로 한마디 하였다.

"인내심을 갖고 그저 목표만 바라보고 한 걸음 한 걸음 걷다보니 목적지에 다다르더군 그래……."

그러면서 더 이상 말할 것이 없다는 듯이 주위를 둘러보았다. 그러자 호기심에 가득한 가축들을 대표하여 처음 말을 청했던 당나귀가 실망스러워 하며 말했다.

"겨우 그것뿐이에요? 다른 얘기는 또 없으세요?"

"없어! 이것이 다야."

하며 늙은 낙타는 무뚝뚝하게 말했다.

"에이! 우리는 깜짝 놀랄 만한 경험담을 들려주실 거라고 생각했었는데…… 아니! 이렇게 간단한 몇 마디가 다예요? 하나도 재미없네요!"

하고 아직 고삐도 뚫지 않은 어린 송아지 한 마리가 투덜대자 옆에서 잔뜩 기대감을 갖고 기다리던 다른 가축들도 "그래, 그래!"하며 동감을 표시했다.

그러나 우리는 낙타의 경험담을 통해서 "아주 귀중한 가치 있는 교훈"을 엿볼 수가 있다.

즉 "목표를 갖고 닥쳐오는 많은 관문을 묵묵히 헤쳐 나가다 보면 자신의 뜻을 이룰 수 있다"라고 하는 단순하면서도 명백한 교훈이 그것이다. 낙타의 말에는 호언장담하거나 화려한 수식이 전혀 없지만 그 소박한 말 속에는 큰 깨달음의 진리가 들어 있는 것이다.

이처럼 언제나 진리는 간단명료하다. 한 무리의 개미가 활동하는 것을 보면서 생명과 단결의 위대함을 엿보게 되고, 옅은 미소 속에 자신감과 선량함의 힘이 담겨져 있음을 알게 되며, 망중한을 즐기는 사람의 여유를 보면서 생활의 자유와 아름다움을 볼 수 있는 것처럼 말이다.

이 책을 편저한 목적은 이처럼 짧은 이야기를 통해서 인생의 참뜻과 깊은 이치를 다시 한 번 느껴보자는 데 있다. 지금처럼 안팎으로 소용돌이치는 형세에서 자신의 중심을 잡고 헤쳐 나가려면 이들 이야기 속에서 공감하는 인생의 지혜를 다시 한 번 느끼고 깨닫고 내재화하여, 살아가는데 필요한 깨달음이라는 것을 항상 염두에 두고 생활해 가는 자세가 필요하지 않을까 한다.

1. 물 한잔, 빵 한 조각의 위대함

한 가난한 학생이 학비를 모으기 위해, 타지로 가서 집집마다 돌아다니며 물건을 팔았다. 조금이라도 더 빨리 학비를 모으기 위해 그는 적은 씀씀이도 아껴야 했다. 그래서 그는 염치를 불구하고 사람들로부터 음식을 얻어먹기로 했다.

어느 날 그가 한 집의 문을 두드렸다. 문을 연 것은 어린 여자아이였다. 그는 여자아이를 보는 순간 그만 용기를 잃고 말았다. "다 큰 남자가 어린 여자아이에게 음식이나 구걸하다니 이것은 세상에 있을 수 없는 일이다"라고 속으로 생각했다. 그리하여 그는 여자아이에게 목을 축이게 뜨거운 물 한 컵만 달라고 했다.

그러나 남자아이가 몹시 허기진 상태라는 것을 알아차린 여자아이는 뜨거운 물과 함께 빵 몇 조각을 그에게 건네주었다. 그는 얼른 빵과 물을 받아들고 허겁지겁 먹기 시작했다. 옆에서 먹는 모습을 지켜보던 여자아이는 몰래 조용히 미소 지으며 먹는 모습을 바라보았다.

다 먹고 나서 그는 감격해 하며 말했다.

"고마워! 내가 얼마를 주면 되지?"

여자아이는 웃으며 말했다.

"괜찮아요. 우리 집에는 이런 것들이 많아요."

그는 낯선 곳에서 낯선 사람에게 이렇게 따뜻한 도움을 받을 수 있어서 스스로 운이 좋은 사람이라고 생각했다.

몇 년 후 여자아이가 희귀병에 걸려 많은 의사들이 속수무책으로 손을 놓고 있었다. 여자아이 가족들은 수소문 끝에 의술이 뛰어난 의사 한 분이 있다는 것을 알게 되었다.

그 의사에게 병을 보이면 혹시 나을 수 있지 않을까 하는 희망에 무작정 여자아이를 데리고 찾아갔다. 그 의사는 다른 의사들과는 달리 온 정성을 다해 환자를 치료하며 돌봐주었다. 그런 정성 덕분인지 여자아이는 끝내 예전과 같이 건강을 되찾게 되었다.

퇴원하던 날 간호사가 그녀 가족이 안 보는 틈을 타 환자인 그녀에게 직접 의료비 명세서를 건네주었다.

그녀는 평생 힘들게 일해야 자신의 의료비를 다 감당할 수 있다는 것을 잘 알고 있었기에 명세서를 열어볼 용기조차 나지 않았다.

그러나 결국 명세서를 열게 된 그녀는 싸인 란에 이런 말이 적혀 있는 것을 보면서 기쁨의 눈물을 흘렸다.

"뜨거운 물 한 컵과 빵 몇 조각은 모든 의료비를 상환하기에 충분 합 니다."

그녀는 그를 위해 감사의 기도로써 그 고마움을 대신했다. 자신을 치료해준 의사가 바로 그 때 그 가난한 남학생이었다는 것을 여자아이가 알았기 때문이었다.

 지혜노트

사랑은 사회의 곳곳에 숨겨져 있다. 시의적절한 작은 사랑의 행동은 그 시기 도움이 절실한 사람들에게 구원의 손길이 될 수도 있고 희망을 줄 수도 있다. 누구나 조금씩이라도 사랑을 나누어 준다면 세상은 더욱 아름다워질 것이다!

2. 아버지의 '한 시간'을 사고 싶었던
어린 아들의 소원

아내를 저세상으로 먼저 보내고 매일 밤늦은 시간에 퇴근하여 귀가하는 한 아이의 아버지가 있었다. 그가 다니는 직장은 스트레스를 너무 많이 줘 그는 늘 마음이 답답하고 만사가 귀찮았다. 이 날도 그는 집으로 돌아가 편하게 쉬고 싶었지만, 여남은 먹은 아들이 문에 기대서서 아버지가 돌아오기만을 기다리고 있는 것이었다.

"아빠, 아빠에게 한 가지 질문을 해도 돼요?"

"무슨 질문인데 그러니?"

"아빠, 아빠는 한 시간에 얼마를 벌어요?"

"왜 그런 질문을 하는 거지?"

아버지가 되물었다.

"그냥 알고 싶어서요. 알려주세요, 한 시간에 얼마를 벌 수 있는지요, 네?"

아들은 간절하게 부탁했다.

"아빠는 한 시간에 20달러를 벌 수 있단다. 무슨 문제라도 있는 거냐?"

아버지는 기분이 언짢다는 듯이 말했다.

"그렇군요."

아이는 고개를 숙이더니 다시 말했다.

"아빠, 저에게 10달러를 빌려주실 수 있으세요?"

이 말을 들은 아버지는 조금 화가 나서 말했다.

"그 돈으로 또 쓸데없는 장난감이나 사려고 그러지? 머리 굴리지 말고, 얼른 네 방으로 들어가 잠이나 자도록 해라. 넌 왜 항상 네 생각만 하니? 매일 일하느라 아버지가 얼마나 힘든지 넌 왜 이해를 못해주니? 나는 피곤해서 너랑 말장난 할 겨를도 없어!"

아이는 조용히 자기 방으로 들어가 문을 닫았다. 화가 난 아버지는 그대로 거실에 앉아 마음을 가라앉히고 있었다. 한참 후 마음의 안정을 되찾은 그는 방금 전에 아이에게 한 태도가 너무 심했던 것 같아 후회가 되었다.

"혹시 아이가 정말로 사고 싶은 물건이 있는 것은 아닐까?" 하는 걱정에 마음이 편치를 않았다. 엄마도 없이 외롭게 크는 애한테 너무 심하게 했다고 자책까지 했다. 그리고 가만히 생각해 보니 아들이 평상시 자기에게 돈을 달라고 한 적도 거의 없었다는 생각이 들자, 아버지는 일어나 아들의 방으로 들어가 자리에 누워 있는 아들에게 조용하게 물었다.

"얘야, 자니?"

"아니요, 아직 안 자고 있어요."

"아까는 미안했다. 아빠가 너무 심했어, 그렇지?"

아버지는 이렇게 말하면서 아이에게,

"이건 네가 달라고 했던 10달러다"

하며 돈을 건네주려 하자 아이가 벌떡 일어나더니,

"고마워요, 아빠."

하며 기뻐서 소리를 질렀다. 그러더니 베개 밑에다 꼬깃꼬깃
모아두었던 돈을 꺼내어 천천히 헤아리는 것이었다.

"너 돈이 있었으면서, 왜 또 달라고 한 거니?"

아버지는 또 다시 화가 나서 소리를 버럭 질렀다. 그는 이 아이가
오늘따라 왜 이러는지 갈피를 잡을 수가 없었다. 그러나 아이는 천진한
얼굴로,

"왜냐하면요, 전에는 돈이 10달러밖에 없었거든요. 그런데 이제는
됐어요."

그러면서 말했다.

"아빠, 저에게 지금 20달러가 있거든요. 이 돈으로 아빠의 한 시간을
살 수 있을까요? 내일 조금만 일찍 집으로 돌아오시면 안 돼요? 아빠랑
같이 저녁을 먹고 싶어서요. 이건 정말 오랫동안 제가 바라던 일인데
들어주시면 안 돼요?"

아버지는 할 말을 잃고 흐르는 눈물을 감추지도 못한 채 아들을

부여안고, "그래 이 돈은 아빠 안 줘도 된다. 그렇지만 내일은 반드시 일찍 와서 너하고 저녁 같이 먹을게……."

눈물 보이는 게 겸연쩍었지만 흐뭇한 마음을 감추지 못했다. 그는 속으로 "정말 네 마음을 헤아리지 못한 아빠를 용서해다오" 하고 아들에게 양해를 구하면서 자신의 지난 모습을 되돌아보며 후회하였다.

 지혜노트

손가락 사이로 허무하게 흘러가는 시간들 때문에, 자신도 모르는 사이에 세상에서 가장 소중한 혈육의 정을 소홀히 하거나 멀어지게 해서는 안 된다. 반드시 우리가 사랑하고 관심을 줘야하는 사람들과는 조금이라도 더 많은 시간을 나눌 수 있도록 노력해야 한다.

3. 사랑에는 지체의 높고 낮음이 없다

앨버트(Albert)와 그의 부인 빅토리아(Victoria) 여왕은 언제나 사이가 정겨웠고 화목했다. 하지만 서로 불쾌할 때도 있었다. 그 이유는 부인의 신분이 여왕이기 때문이었다.

어느 날 밤 왕실에서 성대한 연회가 열렸다. 여왕은 왕공 귀족들을 접견하느라 바쁜 나머지 정작 남편에게는 신경을 쓰지 못했다. 앨버트는 몹시 화가 나서 조용히 침실로 돌아왔다. 얼마 지나지 않아 누군가가 문을 두드렸다. 앨버트는 침착하게 물었다.

"누구세요?"

노크한 사람이 의연하게 대답했다.

"여왕이에요."

그러나 문은 열리지 않았고, 방 안에서는 아무런 기척도 없었다. 여왕은 미심쩍어 하면서 돌아섰다. 하지만 아무래도 이상함을 느낀 여왕은 반쯤 가다가 돌아와 다시 문을 두드렸다. 앨버트가 또 물었다.

"누구세요?"

여왕은 온화한 말투로 말했다.

"저 빅토리아예요."

하지만 문은 여전히 꽁꽁 닫힌 채 열릴 생각조차 없는 듯했다. 빅토리아는 매우 화가 났다. 자신이 영국 여왕인데 방문조차 열어주지 않는다는 것은 자신의 존엄을 깎는 것이라고 여겼기 때문이었다. 그녀는 언짢은 기분이 되어 연회장으로 발길을 돌렸다. 하지만 반쯤 걸어가며 생각을 하니 아무리 생각해도 문을 안 열어 주는 남편을 이해할 수가 없었다. 그래서 곰곰이 생각한 끝에 또 되돌아와 다시 문을 두드렸다. 남편 앨버트의 목소리는 여전히 차분하게 들려왔다.

"누구시죠?"

그러자 여왕은 완곡하면서도 부드럽게,

"당신 아내예요."

라고 대답하자, 그때서야 문이 열리는 것이었다.

지혜노트

사랑에 빠진 사람이라면, 반드시 서로 신뢰하고 완전한 평등 속에서 살아가야 한다. 사랑으로 인해 모든 사람은 평등해질 수 있고, 이렇게 이루어진 진정한 평등 속에서만 사랑은 더욱 아름답게 되는 것이다.

4. 세상에서 가장 부유한 자산은
사랑이 있는 가정이다

미국에 브룩·톰(布魯克·湯姆)이라고 하는 사람이 있었는데, 21억 달러의 자산을 소유한 대부호였다. 그는 아주 유명한 세무 서비스 및 컴퓨터 정보 관련 기업을 경영하는 대 기업가였다. 톰은 젊고 유능했다.

그의 부인은 변호사이고, 슬하에는 귀여운 두 아들을 두고 있었다. 이처럼 행복하고 원만한 가정이었지만, 톰은 회사를 경영하는 데에 정력과 시간을 전부 쏟아 부었기 때문에 점차 가정의 화목과 단란함이 줄어들어 가는 것을 느끼게 되었다.

톰은 곧 문제의 심각성을 깨달았고, 후회하는 날이 온다는 것을 누구보다 잘 알 수 있었다.

그는 사업으로 큰돈을 버는 것 보다 더욱 가치 있는 일이 무엇인지를 잘 알고 있었던 것이다.

그리하여 그는 갑자기 학생을 가르치는 교사가 되기로 마음먹고, 의연히 경영자 직을 사임했다.

이처럼 톰이 자신을 희생하며 얻고자 하는 거대한 대가는 바로 자신이 가르친 학생들이 그의 집 냉장고에 붙여 놓은 "세계 최고의 스승"이라는 글귀처럼 자신을 그렇게 생각해 주기를 바랐던 것이었고, 더불어서 가족들과 행복하고 즐거운 식사자리를 갖는 것이었다.

 지혜노트

만족한다는 것은 작은 방에서 지낼지라도 따뜻한 정감 없는 궁전보다 낫다고 생각하는 것이고, 모든 것을 다 갖춘 사랑이 있는 공간을 만드는 것이다. 이처럼 사랑은 세상에서 가장 부유한 자산인 것이다.

5. 원수까지 포용할 수 있는 넓은 아량을 가진 자만이 리더가 될 수 있다.

먼 옛날 연로하신 임금이 있었는데, 머지않아 세 아들 중 한 사람에게 왕위를 물려주기로 결정했다. 어느 날 임금은 세 아들을 불러 놓고 말했다. "나는 이미 늙었다. 너희 삼형제 중 한 사람에게 왕위를 물려주고자 한다. 단 너희 셋이 모두 일 년 동안 바깥세상에 나가 여행을 한 후 돌아와, 그 동안에 너희가 겪은 가장 고상한 일에 대해 말해주었으면 한다. 진정으로 고상한 일을 겪은 사람만이 나의 왕위를 계승할 수 있을 것이다."

1년 후 세 아들이 궁으로 돌아와 아버지인 임금 앞에서 1년 동안 밖에서 얻은 자신들의 경험을 아뢰었다.

큰 아들이 먼저 말했다.

"저는 여행하는 동안 낯선 사람 한 분을 알게 되었는데, 그 분은 저를 무척 신뢰해주었습니다. 그는 저에게 한 자루의 금화를 주면서 다른 도시에 살고 있는 자신의 아들에게 전해 달라고 부탁해서, 마침 그 도시로 여행을 가게 되었을 때 저는 손도 대지 않고 그대로 그 분 아들에게 금화를 전해 주었습니다."

임금은 "참 잘했구나. 하지만 성실(诚实)은 사람이 반드시 갖춰야 할 품성이지, 고상한 일이라고는 말할 수 없지 않느냐?"하고 말했다.

다음은 둘째 아들이 말했다.

"저는 한 마을을 여행하던 중, 마침 한 무리의 강도들이 그 마을을 강탈하고 있는 만행을 목격하게 되었습니다. 저는 바로 달려가 마을사람들을 도와 강도들을 물리치고 그들의 재산을 지켜주었습니다."

임금이 말했다.

"참 잘했구나. 하지만 사람을 구하는 것은 너의 본분이 아니냐? 고상한 일이라고 하기 엔 좀 미흡하다는 생각이 드는구나."

그러자 셋째 아들이 주저하면서 입을 열었다.

"저에게는 원수 같은 자가 한 명 있었습니다. 그는 어떻게든 저를 해치려 하는 바람에 몇 번이나 그의 손에 죽을 뻔 했습니다. 그중에서도 여행하던 어느 날 밤이었습니다. 저는 홀로 벼랑 끝을 따라 말을 타고 가고 있었는데, 그 원수 같은 자가 커다란 나무 아래에서 잠을 자고 있는 것을 발견하였습니다. 제가 살짝만 밀어도 그를 낭떠러지에 떨어뜨려 죽일 수 있는 상황이었지요. 하지만 저는 그렇게 하지 않고, 오히려 그를 깨워 여기서 자면 위험하다고 일깨워 주고, 멈추지 말고 가던 길을 재촉하라고 충고해 주었습니다. 그런 뒤 제가 말에서 내려 강을 건너려고 하던 찰나에 숲 속에서 갑자기 호랑이 한 마리가 튀어나와 저를 향해 덮쳐 왔습니다. 바로 그 절대 절명의 순간에 원수 같은 그자가 뒤에서 쫓아와 한 칼에 호랑이 목숨을 끊어주었습니다. 저는 그에게 '왜 내 목숨을 구해주었냐?'고 물었습니다. 그러자 그는 '당신이 먼저 나를 살려주었지 않았소? 당신의 어진 마음을 보고 나는 당신에 대한 원한을 풀어버렸소이다'라고 말하는 것이었지요. 이런 일은 그리 큰일이 아니라 말씀드리는 것조차 민망하옵니다."

"아니다. 절대 그렇지 않단다. 애야, 자신의 원수를 도와주는 것이 어찌 고상하지 않고 신성한 일이라 하지 않을 수 있겠느냐?"

세 아들 이야기를 다 듣고 난 임금은 근엄한 얼굴을 하면서 셋째 아들을 앞으로 오라고 하더니 "네가 가장 고상한 일을 하였으므로 오늘부터 너에게 나의 왕위를 물려주겠노라!"고 말하며 편안한 마음으로 세상을 떠났다.

 지혜노트

누군가를 오랫동안 미워하지 말고, 너그러운 마음으로 포용할 줄 알며, 사랑으로 자신을 미워하는 사람을 대하면, 사랑은 도사리고 있던 원한을 풀어주게 된다. 이런 사람이야말로 고상하고 본받을 만한 사람이라고 할 수 있지 않겠는가?

6. "어른이 될 때까지 저를 기다려주세요"

　19세기 독일의 유명한 피아니스트 슈만(Schumann)은 12살 난 여자아이 클라라(Clara)를 둔 비크(FriedrichWieck)로부터 피아노를 배우게 되었다. 법률을 배우기 위해 라이프치히 대학에 입학했으나 음악을 너무 사랑한 그는 홀어머니의 승낙 하에 다시 하이델베르크 대학에 진학하여 본격적인 음악을 공부하기 시작했다. 19살의 슈만은 음악에 대한 재능이 매우 뛰어났을 뿐만 아니라 때로는 자유분방하고 때로는 우울한 예술가로서의 성격을 가진 슈만이었기에 비크의 딸 클라라는 그에게 푹 빠지게 되었다. 어린 클라라는 슈만이 혹시라도 다른 사람을 사랑하게 될까봐 두려워 어느 날 슈만에게 다가가, "내가 어른이 될 때까지 기다려주세요!"라며 간절하게 부탁 했다.

　그 후 슈만은 피아노 연습 중에 손가락을 다치게 되었다. 그 때문에 피아니스트로서의 꿈을 이룰 수 없게 된 슈만은 어쩔 수 없이 작곡을 배우게 되었다. 그런 그를 옆에서 보고 있던 클라라는 애정이 담뿍 담긴 말로 그를 위로했다.

　"내 손가락을 당신에게 빌려줄 테니 너무 걱정하지 마세요!"

하지만 그들의 사랑을 클라라 아버지는 반대했다. 아버지는 너무 화가 나서 슈만을 법원에 고소까지 하였지만, 결국 "사랑에는 죄가 없다"는 법관의 판단으로 기각되었다.

클라라와 슈만의 슬하에는 8명의 자녀가 있었다. 생활의 스트레스와 창작으로 인한 과도한 정력 소모로, 슈만은 30살이 채 안되었을 때부터 정신불안증세를 보이기 시작했고, 몇 번이나 정신병원에 입원해야 했다. 그런 슈만의 병세는 나날이 나빠져 결국 짧은 생애로 생을 마감하게 되었다.

남편의 죽음을 너무나 원통해 한 클라라는 비통한 나머지 자신을 완전히 가두고는 누구도 만나지를 않았다. 그런 클라라를 본 슈만의 제자 브람(Brahm)이 그녀를 깨우쳐 주고자 그녀 집을 찾아가 그녀에게 말했다.

"슈만 선생님이 써 놓으신 저 많은 곡들을 그냥 저대로 묵혀놓으시기만 할 겁니까?"

그의 말을 듣는 순간 클라라는 예전에 남편 슈만에게 한 약속이 떠올랐다.

즉 손가락을 다쳐 피아노를 치지 못하게 된 슈만을 보며 "나의 손가락을 당신에게 빌려줄 게요!"라고 한 약속의 말이었다.

그 순간부터 그녀는 피아노 연주에 온 힘을 기울여 연습한 후 자신의 일생이 다 할 때까지 방방곡곡을 순회하며 슈만의 작품을 연주해 세상에 알렸다.

슈만의 작품이 오늘날까지 전해져 내려와 세상에 널리 알려지게 된 것에는 이런 클라라의 공이 있었기 때문이었다.

 지혜노트

진정으로 사랑하는 자의 마음속에는 오직 자신이 사랑하는 한 사람 만이 존재하고 있는 것이다.

7. 친구라면 의심하지 말고 무조건 믿어야 한다

사이가 아주 좋아 네 것 내 것 따지지 않고 친하게 지내는 두 사람이 있었다. 어느 날 사막에 이르게 된 두 사람은 갈증으로 인해 죽음 직전에 이를 지경이 되었다. 그 때 사막을 주관하는 신이 두 사람의 우정을 시험하고자 다음과 같이 물었다.

"앞에 사과나무 한 그루가 있고, 나무에는 사과 두 알이 달려 있는데, 한 알은 크고 다른 한 알은 아주 작다네. 그런데 큰 사과를 먹은 사람만이 이 사막에서 안전하게 살아 나갈 수 있는데 누가 이것을 먹을 텐가?"

이 말을 들은 두 사람은 모두 상대방에게 큰 사과를 양보하고, 서로 작은 사과를 먹겠다고 우겼다. 빈사 상태에서도 두 사람은 친구를 위해 긴 논쟁을 벌였건만 끝내 누구도 상대방을 설득하지 못하고 양보만을 고집했다. 사과를 먹지 않은 두 사람은 결국 기력이 다하여 잠이 들고 말았다. 시간이 한참 흐른 후 그 중 한 사람이 깨어났다. 그런데 옆에 있어야 할 친구가 어디로 갔는지 보이질 않았다. 그는 정신이 번쩍 들어 사과나무가 있는 곳으로 달려갔다. 하나 남아 있는 사과는 아주 작은 사과였다. 그는 순간 친구가 자신을 배신했다는 생각이 들었다.

비분과 실망으로 가득 차 걸어가던 그는 앞에 정신을 잃고 쓰러져 있는 친구를 발견했다. 그는 서슴없이 달려가 친구의 윗몸을 일으켜 조심스럽게 품에 안고 보니 친구는 사과 한 알을 손에 쥔 채 쓰러져 있었는데, 그 사과는 남겨진 사과보다도 훨씬 작은 사과였다. 친구는 놀랍고 미안한 마음에 "친구야 미안하네. 내가 잘 못했네!"라며 후회스러움에 눈물범벅이 되어 친구를 꼭 껴안은 채 눈을 감고 있는 친구가 깨어나기를 기도하였다. 그리고 얼마가 지났는지 모르는데 누군가가 자기를 쳐다보고 있는 듯해서 눈을 떠 보니 친구가 빙그레 웃으며 자기를 바라보고 있는 것이었다. 그는 너무나 기쁜 나머지 그를 더욱 꼭 껴안으며 "자네를 오해해서 정말 미안하네, 나를 용서해주게!"하며 흐느꼈다.

두 친구는 사막 신의 시험을 견뎌냄으로써 그로부터 새 생명을 얻을 수 있었다.

 지혜노트

친구라면 쉽게 의심하지 말고 사랑하는 마음으로 믿음을 가져야 한다. 여러 가지 추측과 회의는 친구 사이의 균열을 일으킨다. 진정한 친구이고, 서로를 향한 진실한 우정만 있다면, 세상에는 절망의 시간은 오지 않는다는 것을 믿어야 한다.

8. 성공과 재부(財富)도 사랑이 있어야 따라 온다

어떤 한 부인이 밖으로 나와 보니 앞뜰에 길고 흰 수염을 늘어뜨리고 있는 노인 셋이 벤치에 앉아 있었다. 그녀는 이들 세 노인을 몰랐지만 그들을 향해 아주 친절하게 말했다.

"실례합니다. 세 분을 처음 뵙지만 시장해 보이시는 것 같아서 그러니 잠깐 들어오셔서 뭐라도 드시지요?"

그러자 세 노인이 이구동성으로,

"집에 주인장은 계신가요?"

하고 물었다. 그러자 부인이 대답했다.

"아니, 안 계세요. 잠깐 외출하셨어요."

"그럼 우리는 들어갈 수 없다네."

노인들이 또한 이구동성으로 대답했다.

저녁 무렵에 남편이 집으로 돌아오자 그녀는 앞서 있었던 일의 자초지종을 말했다. 그러자 남편이 말했다.

"내가 돌아왔다고 그 분들에게 말씀드리고, 얼른 집 안으로 모셔요!"

부인은 그 말을 듣자마자 밖으로 나가 노인 세 분을 집 안으로 모시려고 했다.

그러자 노인 셋은,

"우리 셋은 같이 한 집으로 들어가서는 안 돼요."

하며 한사코 거절했다.

"왜 그러시죠?"

영문을 모르는 부인은 어리둥절해 하며 물었다. 그러자 한 노인이 다른 한 노인을 가리키며 말했다.

"이 친구 이름이 재부(財富)예요."

그리고 또 다른 한 노인을 가리키며 말했다.

"이 친구는 성공(成功)이고, 나는 사랑(愛)이라오. 지금 들어가서 남편과 의논해 보오. 우리들 중에서 어느 사람을 집으로 들일지를 말이오."

라고 말했다. 부인은 들어와서 남편에게 그 노인들의 말을 들려주었다. 그러자 남편은 흥분해 하며 말했다.

"그럼 어서 '재부'라는 어르신을 집 안으로 모셔요!"

하지만 부인의 의견은 달랐다.

"당신은 왜 성공 어르신을 모시려고 하지 않지요?"

이때 집 안 모퉁이에 있던 며느리가 그들의 대화를 귀 기울여 듣고 있다가 자신의 의견을 말했다.

"아버님, 어머님! 제 생각에는 먼저 사랑 어르신을 모셔야 할 것 같네요."

그러자 잠시 생각에 잠겼던 남편이 부인에게 말했다.

"며늘아기 말 대로 하는 게 좋을 것 같소!"

그리하여 부인이 다시 밖으로 나와 노인들에게 여쭈어보았다.

"실례지만, 어느 분이 사랑이신가요?"

그러자 사랑이라는 노인이 몸을 일으켜 집을 향해 걸어 들어가자 나머지 두 노인도 그를 따라 집 안으로 들어가는 것이었다.

부인이 깜짝 놀라 재부 노인과 성공 노인께 물었다.

"전 사랑 어르신만 모셨는데, 어찌 두 분도 같이 들어가시나요?"

그러자 집으로 들어가던 노인 셋은 동시에 고개를 돌리더니 대답했다.

"만약 자네가 재부 혹은 성공이를 집으로 모셨다면, 다른 두 사람은 따라 들어가지 않았을 거요, 그런데 자네가 사랑이를 집으로 모신다고 하니까, 우리가 들어가도 사랑이처럼 사랑으로 맞아줄 것 아니요? 우리는 어디를 가든 사랑이를 따르게 되면 모든 일이 만사형통이라는 것을 알기 때문이라네."

 지혜노트

사랑이 있는 곳에는 재부와 성공이 따르기 마련이다. 사랑이 결여된 사람이나 단체에는 재부와 성공이 따른다는 것을 보장할 수가 없는 법이다.

9. 사랑의 현묘한 이치

어떤 집에 여든 남짓한 할아버지와 할머니가 함께 살았다. 나이가 점점 갈수록 두 노인은 정신이 흐려져 자손들조차 알아보지 못하는 경우가 종종 나타나게 되었다. 그러자 두 노인은 서로에게 몇 번씩이나 "이 사람은 누군데 계속 내 곁에 있는 거지…?"하고 묻곤 하게 되었다.

그러다가도 한참 지나면 또 정신이 돌아와 마르고 쭈글쭈글한 입술을 오물거리면서 말했다.

"아이고 영감! 그 때 당신이 나에게 선물한 양가죽으로 겹저고리를 해 입었는데, 글쎄 이렇게 오래 지났는데도 해지지 않았네요!" 그런 할머니의 말을 들은 할아버지는 똑똑히 알아들었는지는 알 수 없지만, 할머니의 말을 받아서 "말도 마오. 양가죽 준 그 날 할망구가 고맙다면서 준 덜 익은 살구 두 알을 먹고 지금까지도 이가 시다네……!" 누가 옆에서 듣던 말던 서로 말을 주고받는 두 노인의 표정은 그저 평안하기 그지없었다.

 지혜노트

아무리 세월이 흘러도 사람들의 마음속에 남아 있는 사랑의 기억들은 지워지지 않는 법이다. 설령 그러한 사랑이 아주 조금뿐이라 할지라도, 진정한 사랑을 느꼈다면 그것은 곧 하늘과 땅처럼 영원히 간직하게 되는 법이다.

10. 사랑의 힘

25년 전 어느 사회학 교수가 제자들에게 빈민굴에서 생활하는 200여 명의 남자아이들의 성장배경과 생활환경을 조사하게 했다. 그리고 그들의 미래 발전 가능성에 대해서 평가하도록 했다. 학생들이 얻은 결론은 똑같았다. "이 빈민굴의 남자아이들에게는 출세할 가능성이 전혀 없습니다."라는 것이었다.

25년 후 그 중 한 학생이 교수가 되어, 우연히 사무실의 서류에서 이 연구보고서를 발견하게 되었다. 그는 그 남자아이들의 현재 상황이 도대체 어떻게 변했는지 몹시 궁금해졌다. 그리하여 자신의 학생들에게 그들을 추적 조사케 하였다. 후에 조사결과를 본 그는 깜짝 놀랐다. 이 남자아이들은 이미 성인이 되었고, 그 중 20명은 다른 곳으로 가 행방이 묘연했거나 세상을 떠났지만, 나머지 180명 중 176명은 모두 훌륭한 직장을 가지고 있었다. 그뿐만 아니라 그들 중에는 변호사, 의사, 기업가로 활동하는 사람들도 많이 있었기 때문이었다.

이 교수는 조사 결과가 너무 놀라운 나머지 좀 더 세밀하게 조사하기로 했다. 그는 그들 중 비교적 출세했다고 생각되는 사람들을 찾아가 물어보았다.

"오늘날 당신이 성공할 수 있게 된 가장 큰 이유가 무엇이지요?"

그러자 사람들은 약속이나 한 것처럼 똑같은 답변을 했다.

"좋은 선생님 한 분 덕분이지요."

하는 것이었다. 교수는 반신반의하며 이미 연로했지만 여전히 귀와 눈이 밝으신 그들의 선생님을 찾아가보았다. 그는 단도직입적으로 그에게 물었다.

"도대체 어떤 방법으로 빈민굴에서 자란 아이들이 곤경에서 벗어나 나름대로 잘 살 수 있도록 도와주셨나요?"

하며 가르침을 청했다. 그러자 그 노(老) 선생은 자애로움이 가득한 눈빛으로 입가에 미소를 띠며 대답해주었다.

"사실 별거 아니라오. 나는 이 아이들을 사랑했기 때문에, 온 힘을 다해 그들에게 더욱 많은 문화지식과 사람의 도리를 가르쳐 주고자 했지요. 그것 외에 별다른 도움은 안 주었어요."

 지혜노트

'사랑'은 사람을 바꿀 수 있고, 타고난 운명의 저주에서 벗어날 수 있게 한다. 사랑은 냉담과 절망을 눈 녹듯이 녹여 주고, 주위 사람들에게 행복과 희망을 선사해 주기 때문이다. 그렇기 때문에 사랑은 세상의 여러 가지 기적을 낳을 수 있는 원천인 것이다.

11. 시간이 지나고 나서야 사랑이
무엇인지를 안다

먼 바다 위에 작은 섬 하나가 있었다. 거기에는 즐거움, 슬픔, 지식과 사랑, 그리고 기타 여러 가지 감정들이 함께 살고 있었다.

어느 날 이들 각양각색의 감정들은 작은 섬이 곧 가라앉게 된다는 사실을 알게 되었다. 그리하여 감정들은 모두 작은 배를 마련하여 이 섬을 떠났는데 사랑만 남아서 마지막 순간까지 버티고자 했다.

며칠 후 작은 섬은 정말로 가라앉기 시작하였고, 사랑은 사람들에게 도움을 청했다.

이때 부유(富裕)가 큰 배 한 척을 타고 지나가고 있었다.

사랑이 그를 보자, "부유님, 저를 데려갈 수 있나요?"

하고 묻자, 부유는 "안 돼요. 저의 배는 금은보화가 너무 많아 당신을 실을 자리가 없네요." 하고 그냥 지나가 버렸다. 조금 있으니 허영(虛榮)이가 화려한 작은 배 위에 앉아 유유자적하며 지나가는 것을 보자 또 애원했다.

"허영님, 저 좀 도와주실 수 있나요?"

"저는 당신을 도와줄 수가 없네요. 당신의 온 몸이 흠뻑 젖어버렸기에

이 예쁜 배를 타면 배가 곧바로 엉망이 될 테니까요."

그러면서 안 됐다는 듯이 혀를 "쯧쯧" 차면서 지나갔다. 그가 가고 난 얼마 후에 비애(悲哀)가 지나갔다. 사랑은 비애에게 다시 도움을 청했다.

"비애님, 저도 당신과 함께 갈 수 있게 해주세요!"

"오…… 사랑님, 안 됐지만 저는 지금 너무 슬퍼서 혼자 있고 싶어요!"

하고 비애가 대답하며 또 그냥 지나가버렸다. 후에 즐거움이 사랑의 곁을 지났지만, 그녀는 너무 즐거워한 나머지 사랑이가 부르는 소리를 듣지 못하고 지나갔다. 그때 갑자기 한 소리가 들려왔다.

"이리로 오게! 사랑이, 내가 태워주겠네."

이 사람은 연세가 꽤 되는 연장자였지만, 사랑이는 너무나 기쁜 나머지 깜빡하고 그의 이름을 물어보지 못했다. 육지에 도착한 후에 그 연장자는 홀로 떠나갔다. 사랑이는 그가 너무나 고맙기 그지없었다. 그리하여 다른 연장자인 지식님께 물었다.

"저를 도와주신 분은 누구신가요? 경황이 없어 성함조차 못 여쭤 보았네요."

"아! 저 분은 시간이라는 분이네."

지식 노인이 대답해 주었다.

"시간요?"

하며 사랑은 또 여쭈었다.

"무엇 때문에 저 분이 저를 도와주신 거죠?"

그러자 지식 노인이 웃으며 대답했다. 그건 "시간만이 사랑이 얼마나 위대한지를 알기 때문이라네."

하는 것이었다.

 지혜노트

시간은 모든 것을 검증할 수 있다. 시간의 마력으로 인하여 모든 것은 정체가 드러나게 되고, 진정한 사랑만이 세월의 시련을 이겨낼 수 있는 것이다. 그렇기 때문에 시간만이 진정한 사랑의 위대함을 이해할 수 있는 것이다.

12. 가장 뜨거운 사랑

어느 날 한 남자아이가 한 여자아이에게 말했다.

"만약 나에게 죽이 한 사발밖에 없다면, 절반은 우리 어머니에게 드리고, 나머지 절반은 너에게 줄 거야."

그렇게 말하는 남자아이를 유심히 바라보던 여자아이는 이후 남자아이를 좋아하게 되었다. 그 때 남자아이의 나이는 12살이었고, 여자아이는 10살이었다.

그리고 10년이 지난 어느 날 그들이 살던 마을이 홍수에 잠기게 되었다. 그 남자 아이는 쉴 새 없이 사람들을 구했지만, 유독 멀리 떨어져 있던 그녀만은 직접 구하지를 못했다. 그녀가 다른 사람에 의해 구출된 것을 안 후, 그는 그녀를 구출해준 사람에게 조용히 말했다.

"나는 그녀를 사랑하기 때문에, 만약 그녀가 죽었다면 나도 살아남지 않았을 거예요." 그러한 마음을 서로 알게 된 그들 둘은 그해에 결혼을 했다. 결혼하던 해 그들의 나이는 22살과 20살이었다.

결혼한 한참 뒤 어느 해에 전국적으로 기근이 들어 그들의 생활도 마찬가지로 매우 어려워졌다.

그 남자는 조금밖에 남지 않은 밀가루로 국수 한 그릇을 만들어 그녀에게 주자 그녀는 혼자 먹기가 너무 안타까워서 먹지를 못하고 다시 남편에게 먹으라고 권했다. 서로 안 먹으며 버티느라 3일이 지나자 그 국수에는 곰팡이가 나 결국 버려야 했다. 그 때 그들의 나이는 42세와 40세였다.

다시 10년의 세월이 흐르자 세상이 바뀌어 정치투쟁의 흙탕물 속으로 세상이 곤두박질치게 되었다. 남자는 할아버지가 지주였다는 이유로 비판 투쟁의 대상이 되어 힘든 생활을 해야 했다.

그러자 그녀는 그의 곁에서 함께 비난을 받으며, 죄목이 적힌 팻말을 목에 걸고 같이 공개 비판도 받았다. 그들 부부는 고난의 세월 속에서도 그처럼 같은 운명을 감당하며 견뎌냈다! 그해 그들의 나이는 52세와 50세였다.

여러 해가 지나 그들은 도시로 옮겨와 살게 되었다. 매일 아침 버스를 타고 출근하던 그들은 많이 연로했기에 젊은 사람들이 자리를 양보해주었지만, 그들은 자신들이 앉으면 다른 사람이 서게 되는 것을 원치 않았기에 버스 안의 사람들은 자의반 타의반으로 모두 서서 가는 형상이 되곤 하였다. 그해 그들의 나이는 72세와 70세였다.

어느 날 그녀가 이웃 동료에게 말했다. "10년 후에 만약 우리 모두가 죽는다면, 나는 꼭 그가 될 것이고, 그는 내가 될 것이거든요. 그러면 그는 반드시 내게로 올 겁니다. 그 때는 그에게 내가 주는 죽을 꼭 먹게 할 거예요!" 70년간의 풍진세월을 함께 한 그들의 이런 사랑이야 말로 사랑이라 할 수 있는 것이리라!

 지혜노트

고통과 시련을 거쳐 성숙해진 사랑이야말로 가장 뜨거운 사랑이 아닐까!

13. 진정한 사랑

어떤 남자아이와 여자아이가 같은 병원 같은 병동에 있으면서 자연스럽게 만나게 되어 이야기를 나누던 중 동병상련의 처지임을 알게 되자 빨리 친해져 친구가 되었다. 그러던 어느 날 결국 담당의사로부터 그들에게는 마지막 선고나 다름없는 말을 들어야 했다.

"병세가 이제 더 이상 치료하기 어려운 상황에 이르게 되었다"는 말이었다. 그들은 체념한 상태에서 퇴원 수속을 마치고 각자 집으로 돌아갔다. 그러나 그들 둘은 비록 각자의 병세가 하루하루 심해져 갔지만, 둘은 전에 했던 약속을 결코 잊지 않았다. 그 약속이란 편지를 써서 서로를 격려해주자는 것이었다. 3개월 후 여자아이는 남자아이의 편지를 손에 쥔 채 미소를 지으며 두 눈을 감고 말았다.

마음이 아픈 어머니는 딸의 유물을 정리하다가 아직 보내지 못한 편지 한 묶음을 발견했다. 그 중 한 통의 편지에는 어머니에게 부탁하는 내용이 적혀있었다. 즉 딸이 그 남자아이와 한 가지 약속을 한 것이 있는데, 바로 그 남자아이와 함께 인생의 마지막 여정을 보내기로 한 약속이었다. 그러면서 어머니가 대신 그 약속을 실행해주기를 부탁한다면서, 남은 편지들을 계속해서 남자아이에게 보내주기 바란다고 했다. 어머니는 더 이상 자신의 감정을 억제할 수가 없어 그 남자아이를 찾아가 그가 잘 살아가기를 바라는 딸아이의 마음을 전해주고 싶었다. 수소문 끝에 남자아이 집을 찾아가게 된 여자아이의 어머니는 책상 위에 놓여 있던 검은 상자 속에서 생기 넘치는 모습의 꺼내 든 남자아이의 어머니는 눈물이 범벅이 된 얼굴로 검은 상자 옆에 있던 한 묶음의 편지를 여자아이의 어머니에게 보여주면서 흐느끼며 말했다. 남자아이는 이미 한 달 전에 저 세상으로 떠났고, 어머니에게 대신 여자아이에게 이 편지들을 보내달라고 부탁했다는 것이었다.

그래서 "왜, 그리했느냐?"고 물었더니, 자기와 같은 운명을 가진 한 사람이 자신의 응원을 기다리고 있기 때문이라는 것이었다. 그 말을 들은 두 사람은 서로가 들고 있는 편지묶음을 부여안고 두 사람의 애틋한 마음가짐을 생각하며 한동안 그 자리에서 움직이지를 않았다.

 지혜노트

"삶과 죽음을 함께 한다"는 것은 결코 사랑이라는 감정만으로 치부되지는 않는다. 다른 사람을 자신과 같은 사람으로 만들 수 있는 힘을 가진 자야말로 진정으로 "삶과 죽음을 함께 할 수 있는 사랑"을 실현시킬 수 있기 때문이다.

14. 말 보다 행동으로 하는 사랑의 묘미

한 쌍의 부부가 있었다. 두 사람은 평소에는 사이가 화목하고, 금슬이 좋았지만, 말다툼이 있는 날에는 어느 누구도 양보하지 않았다. 그러나 그들 부부 사이에는 한 가지 밀약 같은 것이 있었다. 즉 말다툼이 있은 후 누구도 먼저 말을 걸지 않고, 먼저 말을 건 사람이 지는 것이었다.

어느 날 밤 이들 부부가 잠자리에 들려는 참이었다. 그때 집안 일로 대화를 나누던 부부는 어찌 된 일인지 다투기 시작했다. 다툼이 격해지자 아내는 화가 나서 씩씩거리며 발로 남편을 차면서 말했다. "꺼져 버려, 소파로 가서 자!"

그렇게 서로 잠자리를 달리하며 자던 한밤중에 갑자기 비바람이 크게 일더니 날씨가 급격하게 쌀쌀해졌다. 아내는 도무지 잠을 들 수가 없었다. 자신이 소파로 내쫓은 남편이 걱정되었던 것이다. "소파에서 자느라 덮을 것도 없을 텐데 얼마나 추울까?" 하고 생각한 아내는 담요 하나를 들고 소파에 누워 있는 남편을 흔들어 깨웠다. 그리고는 한마디도 하지 않고 손에 들고 있던 담요를 탁자 위에 툭 놓고는 방으로 돌아갔다. 이튿날 아침 아내가 방문을 나와 보니 남편은 아직도 소파에 누워 쿨쿨 자고 있었다. 담요는 그대로 탁자 위에 놓여 있었다. 아내는 화가 머리끝까지 치밀어 남편의 귀를 잡아 비틀며 잔소리를 퍼부었다.

"아니 그렇게 추운데도 잠이 와? 잠이 오냐고. 일부러 가져다준 담요는 왜 안 덮고 웅크리고 있어?"

남편은 귀가 아플 정도로 소리를 질러대는 아내를 보면서 히죽거리며 말했다.

"헤헤, 담요는 내가 방금 개켜 놓은 거야!"

그 말을 들은 아내는 씩씩거리면서,

"남은 울화통이 터져 죽겠는데, 꾀를 부렸다 이거지?"

하면서 옆에 있던 빗자루를 들어 내려치려는 행세를 하였다. 그래도 남편은 여전히 능글맞게 싱글싱글 웃으며 말했다.

"난…… 당신이 먼저 말하게 하려고 그랬지 뭐!"

 지혜노트

진정한 사랑 앞에는 지거나 이기는 법이 없다. 때로는 행동으로 하는 것이 말로 하는 것보다 훨씬 힘이 크다는 것을 알아야 한다.

15. 드러내지 않는 사랑의 신성함

1778년 1월 백발이 성성한 볼테르(Voltaire)는 드디어 떠난 지 50여 년이 지나서야 고향인 파리로 돌아왔다. 그는 젊었을 때 황제를 반대하고 교회를 적대시한 행동으로 인해 부득이하게 고향을 떠나, 줄곧 유럽 여러 나라에서 망명 생활을 해야 했기 때문이었다.

그가 파리로 돌아왔다는 소식이 전해지자, 온 파리는 이 대 철학가의 귀환을 대 환영하면서 맞아주었다. 매일 그가 머물고 있는 곳을 찾아오는 방문자가 100여 명에나 이르렀다. 며칠 후 방문객이 잦아들자 그는 밖으로 나가 가고 싶은 곳을 찾아 나섰다.

그가 처음으로 방문한 곳은 빈민가에 살고 있는 어느 노부인이었다. 그녀는 볼테르의 첫사랑이었던 여자였다. 60년 전 사랑을 고백했다가 거절당한 후 한 번도 만난 적이 없던 그녀였다. 아주 허름한 집에 살고 있던 그녀를 찾아내서 처음 보는 순간 그녀의 늙은 모습과 처지를 본 볼테르는 마음속으로 무척이나 놀랐다. 하지만 그녀의 첫마디는 볼테르의 모습이 안타깝다는 듯이 "아니 왜 이리도 늙으셨어요! 알아보지도 못할 뻔 했잖아요" 하는 투정 아닌 투정스러운 말이었다.

이튿날 아침 볼테르는 그녀로부터 한 통의 편지를 받았다. 안에는 한 글자도 쓰여 있지 않은 채 그저 누렇게 바랜 젊은 시절 볼테르의 초상화 한 장만 들어있었다. 이 사진은 볼테르가 뜨겁게 사랑할 때 그녀에게 선물했던 기념물이었던 것이다. 이를 본 볼테르는 흐르는 눈물을 멈출 수가 없었다 …….

 지혜노트

드러내지 않는 사랑이야말로 신성한 것이다. 그 노부인은 볼테르의 인물됨을 알고 자신에게 연연해하는 그를 자신에게서 밀어내느라 그의 사랑을 받아들이지 않았던 것이다. 이처럼 마음속 가장 어둡고 그윽한 곳에 감춰져 있으면서 보석처럼 빛나는 사랑을 받았기에 볼테르는 역사에 이름을 남길 수 있었던 것이다.

16. 저승사자도 염원을 기원하는
사람은 두려워한다

　로버트(Robert)와 아내 마리(Mary)는 마침내 산꼭대기에 올라서게 되었다. 그러나 정복에 대한 환희도 잠시 올라오느라 힘을 다 소진한 로버트가 발을 헛디뎌 그의 큰 체구가 비틀거리면서 바위 앞 깊은 구렁텅이로 미끄러져 내려가는 절대 절명의 순간이었다. 미끄러진 절벽은 가파른 바위로 이루어져 있었기에 잡을 만한 것이 없었다. 아주 짧은 순간이었지만, 마리는 무슨 일이 벌어지고 있는지를 금방 알 수가 있었다. 그녀는 무의식중에 남편의 윗옷을 꽉 잡았다. 그 때 그녀는 땅에 쪼그리고 앉아 먼 곳의 경치를 촬영하고 있었기에 그의 윗옷을 잡자마자 관성에 의해 같이 벼랑 끝으로 끌려가고 있었다. 분초를 다투는 순간에 그녀는 바위가 갈라진 틈에 손을 넣어 버텼다.

　로버트는 이미 공중에 매달려 있는 상태였으므로 마리는 이를 더욱더 악물고 버티었다. 연약한 여자의 힘으로 덩치 큰 로버트의 윗옷을 잡고 모든 중력을 감당했다는 사실을 어찌 믿을 수 있겠는가? 그들은 마치 한 폭의 그림처럼 푸른 하늘에 흰 구름이 덩그러니 떠 있는 높은 산 가파른 절벽에 정지해 있었던 것이다. 마리의 긴 머리카락은 깃발처럼 바람에 흩날렸다. 한 시간쯤이 지나자 지나가던 등산객들이 그들의 소리를 듣고 달려가 구해주었다. 하지만 이때 마리의 어깨는 탈구되어 있었고 손목은 꺾여져 있었다. 한 사람이 마리에게 어떻게 그렇게 긴 시간을 버틸 수 있었느냐고 물었다. 그러자 마리는 "그 때 저의 머릿속에는 한 가지 생각밖에 없었어요. 내가 손을 놓는 순간 로버트는 무조건 죽게 된다는 것이었지요." 며칠 후 이 이야기는 세계 각지로 퍼져나갔다. 사람들은 저승사자라도 염원을 기원하는 사람은 두려워한다는 것을 알게 되었다.

 지혜노트

사랑은 인간의 본성 중 가장 활발하고 가장 아름다우며 가장 활기찬 요소이다. 그리고 생명의 기적을 창조하는 요소이기도 하다.

17. 손잡고 함께 한 인생의 아름다움

갑작스럽게 일어난 지진으로 한 쌍의 부부가 무너진 폐허 속에 갇히게 되었다. 꼼짝할 수도 없고, 한 줄기의 빛도 들어오지 않았다. 어둠과 공포, 갈증과 굶주림의 압박으로 인해 아내는 생존의 희망과 용기를 거의 포기했다. 남편은 있는 힘을 다해 몸부림치면서 아내의 손을 잡고, 그녀에게 아름다웠던 첫사랑 이야기, 그리고 그가 겪었던 흥미로운 일과 보아왔던 아름다운 풍경들에 대해서 말해 주었다.

애깃거리가 다 떨어지면 흥미진진하게 정교한 요리를 조리하는 방법까지 설명해 주었다. 5일이 지난 후에야 그들은 구조대원들에 의해 발견되었고, 아내는 구조되었지만, 남편은 안도의 숨과 함께 지친나머지 영원히 눈을 감고 말았다. 사람들은 마지막 죽는 순간까지 아내의 손을 꼭 잡고 있던 상처와 핏자국 투성이인 그의 손을 보았다.

이러한 손을 보면서 남편이 어떤 의지와 얼마나 깊은 사랑으로 완강하게 아내의 손을 잡고 그녀에게 생존의 용기를 북돋아주었는지를 알 수 있었다.

가을 단풍이 흩날리는 황혼 무렵, 가랑비 속 우산을 쓰고 북적거리며 걸어가는 인생의 건널목에서, 한 쌍 한 쌍의 백발노인들이 서로 손을 잡고 부축하며 가는 모습을 보면, 그들의 여유와 조화로움, 그들의 따뜻함과 행복함을 느낄 수 있을 것이다. 그러한 그들을 바라보면서 어찌 존경과 부러움이 쌓이지 않을 수 있고, 축복하는 마음이 생겨나지 않을 수 있겠는가!

 지혜노트

사랑을 한다면서 사랑과는 무관한 속마음이 그 사랑 속에 섞여 있다면, 그것은 진정한 사랑이 아님을 누구나 공감할 것이다.

18. 도마뱀의 헌신

일본의 한 유명한 잡지에 한 편의 애절한 이야기가 실린 적이 있었다. 어느 한 일본인이 자신의 집을 인테리어하기 위해 벽을 뜯게 되었다. 일본식 집의 벽은 양쪽에 나무판을 대고 밖으로 흙을 덮어 쌓기에 안은 비어있다.

그 집주인이 벽을 뜯자 그 벽사이 빈 공간에 도마뱀 한 마리가 갇혀 있는 것을 발견하였다. 그런데 그 도마뱀이 벽에 붙은 채로 있는 것을 가까이 가서야 알 수 있었다. 질 겁을 한 주인은 도마뱀을 떼버리려고 가까이 가서보니 밖으로부터 안으로 박은 못에 도마뱀의 꼬리 안쪽이 박혀 있음을 알 수 있었다.

주인은 순간 너무나 깜짝 놀랐다. 왜냐하면 그 못은 10년 전 집을 지을 때 박은 못이기 때문이었다.

따라서 이 도마뱀은 못에 박혀 움쩍달싹도 못한 채 벽 속에서 자그마치 10년 동안이나 살아 있었던 것이다.

그런데 "이 10년 동안 도마뱀은

도대체 어떻게 살아 있었던 것일까?"하고 의심쩍어 하고 있는데, 얼마 지나지 않아 다른 한 쪽에서 입에 먹이를 문 또 한 마리의 도마뱀이 다가 오고 있는 것을 보게 되었다. 순간 주인은 말할 수 없는 감동에 휩싸여 버리고 말았다.

그것은 도마뱀의 사랑을 알았기 때문이었다. 그 사랑은 비할 수 없는 숭고한 사랑이었고, 영원히 변치 않는 사랑이었던 것이다. 못에 박혀 움직일 수 없는 도마뱀을 위해, 다른 한 마리의 도마뱀이 10년 동안이나 줄곧 먹이를 구해와 먹여 주고 있었던 것을 알았기 때문이었다.

사랑은 마치 아이를 낳아 기르는 것처럼 정신적으로나 육체적 으로 막대한 노력을 필요로 한다.

19. 청개구리 왕자의 푸념

한 여자아이가 전설 속의 청개구리 못에 오게 되었는데, 여기서는 세상의 모든 종류의 청개구리를 다 볼 수 있는 곳이었다. 여자아이는 너무 기뻐한 나머지 그 중의 한 청개구리에게 물었다.

"당신은 진짜 개구리 왕자가 맞나요?"

청개구리는 머리를 끄덕이며 말했다.

"내가 바로 개구리 왕자입니다."

여자아이는 너무나 기뻐 그 청개구리 왕자에게 뜨거운 입맞춤을 퍼부었다. 그 입맞춤이 얼마나 강렬했는지 청개구리는 숨이 멎을 뻔했다.

입을 뗀 여자아이가 개구리 왕자를 보며 기대에 찬 눈빛으로 물었다.

"그런데 당신은 왜 아직도 인간 모습으로 변하지 않지요?"

청개구리는 숨을 헐떡이며, 여자아이 에게 말했다.

"나는 청개구리 연못의 왕자이지, 인간 왕자로 변하는 개구리가 아닙니다."

그 소리를 들은 여자아이는 "에구 더러워라!" 하며 큰 소리를 지르고는 즉시 그곳을 떠나갔다.

그러자 청개구리 왕자가 기분이 언짢다는 듯이 말했다.

"나는 네가 진정한 공주냐고 물어보지도 않았거든……!"

 지혜노트

집안이 어려우면 현처를 생각하고, 나라가 어지러우면 충신을 생각하게 되듯이 외적인 아름다움보다는 내면의 애정이 중요한 것이다. 이러한 애정을 가지려면 내적 수양을 통해 참사랑으로 승화시킨 마음을 가져야 한다.

20. 용기란 마음과 영혼에서 나오는 힘이다

잭(Jack)은 조지아 주에 있는 어느 한 숲 속의 오솔길을 걷다가 앞쪽 길 중간쯤에 물웅덩이가 있는 것을 보게 되었다. 그는 부득이하게 방향을 조금 바꿔 옆으로 돌아서 가야 했다. 그런데 물웅덩이가 가까워지는 순간에 그는 한 마리 나비로부터 불시에 습격을 당했다. 이 습격은 전혀 예상치 못한 것이었다.

그는 하찮다는 듯이 웃으며 앞으로 또 한발을 내디뎠다. 그러자 그 나비가 다시 그를 향해 무섭게 날아왔다. 나비는 머리와 몸으로 그의 가슴에 와 부딪치며 혼신의 힘을 다해 다시 한 번 공격해 왔다.

그런 기세에 놀란 잭은 자기도 모르게 한발 물러서게 되었는데, 그러자 그 나비도 공격을 멈추었다. 하지만 그가 가슴을 진정시키고 앞으로 한발 내디딜 때마다 그 나비는 조금도 주저함 없이 그를 향해 돌진해 왔다. 그리하여 그는 부득이하게 뒤로 한발 물러서지 않으면 안 되었다.

그러다가 결국 그는 이 나비가 왜 그러는지를 자세하게 관찰하고자 몇 걸음이나 물러섰다. 그러자 공격자도 물러가서 땅 위에서 쉬는 것이었다. 바로 이때 잭은 나비가 왜 자신을 습격했는지를 알게 되었다.

그 나비가 앉은 자리에 다른 나비 하나가 거의 죽어가는 모습을 하고 있었던 것이다. 즉 그 나비는 죽어가는 자신의 짝을 지키고 있다가 객이 지나가다가 부주의로 자기의 죽어가는 짝이 밟힐까 두려워서 자기를 공격했음을 알게 되었던 것이다.

 지혜노트

용감하다는 것은 중요한 덕목이지만, 그것은 발걸음과 어깨의 힘에서 나오는 것이 아니라, 마음과 영혼에서 나와야 하는 힘을 말하는 것이다. 비록 때로는 이러한 힘이 아주 미약하게 보이기도 하지만, 이러한 용기는 사람들의 마음을 울릴 수도 있고, 가장 사랑하는 사람도 지킬 수 있는 것이다.

21. 사랑은 잡으려 하면 할수록 멀어 진다

곧 결혼을 앞둔 여자아이가 어머니에게 한 가지 질문을 했다.

"어머니! 결혼 후 저는 어떻게 그 사람의 사랑을 잡을 수 있을까요?"

딸의 질문을 들은 어머니는 온화하게 웃으면서 바닥에서 모래 한 움큼을 잡아 두 손으로 받쳐 들었다.

여자아이는 어머니의 손 안 가득한 한 움큼의 모래가 조금도 떨어져 내리지 않은 채 손 안에 온전히 있는 것을 발견했다.

이번에는 어머니가 힘을 주어 두 손을 움켜쥐었다. 그러자 모래는 금세 어머니의 손가락 사이로 쏟아져 나왔다. 어머니가 손을 폈을 때는 원래 한 움큼이던 모래가 얼마 남지 않았고, 납작 눌려져 있음을 알 수 있었다.

여자아이는 어머니의 손 안에 있는 모래를 바라보면서 무언가를 깨달았다는 듯이 머리를 끄덕였다.

 지혜노트

사랑은 일부러 잡으려고 하면 할수록 오히려 자기 자신을 잃게 되고 원칙을 잃게 되며, 서로에 대한 너그러움과 이해를 전혀 지킬 수가 없게 된다. 그러다가 결국은 사랑도 아름다움도 모두 잃게 되고 마는 것이다.

22. 결혼은 '좋아한다'는 말 한마디로
결정되는 게 아니다

군대에 있을 때 청원휴가를 신청하는 것은 쉬운 일이 아니다. 반드시 상관의 허락을 받아야 하기 때문이다.

어느 한 병사가 상관 집무실에 들러 인사를 마치고는,

"보고합니다! 저는 일주일 휴가를 신청하고 싶습니다."

라고 씩씩하게 말했다. 상관은 하던 일을 멈추고는,

"무슨 일인데 일주일이나 휴가를 가겠다는 거지?"

하고 물었다. 그러자 우렁찬 목소리로 인사하던 병사의 목소리가 거미줄처럼 가냘퍼지더니,

"보고합니다. 사실은 저…… 결혼하려고 합니다."

하고 간신히 말했다. 상관은 미소를 지으며

"그래 좋아, 둘이 만난 지 얼마나 되었는가?"

하고 다시 묻자 병사는 기뻐하는 기색을 보이며,

"거의 한 달 쯤 됩니다!"

하고 다시 활기차게 대답하는 것이었다. 상관은 의아해 하면서 다시,

"한 달 만에 결혼을 한다는 건가?"

하고 물었다. 병사는 해명하듯이 말했다.

"그녀가 저와 영원히 함께 하겠다고 하였습니다."

그러자 상관이 냉정한 얼굴을 하며 말했다.

"나는 말이야 반년이 지난 후에 자네가 여전히 그녀와 결혼하겠다고 하면, 그때 휴가를 허락할 생각이네."

반년 후 약속대로 병사는 다시 상관을 찾아와 휴가를 신청했다. 상관은 기쁜 마음으로,

"허허! 반년 넘게 교제를 해보아야 정이 더욱 견고해지고 서로를 더욱 알 수 있게 되는 것이라네."

하고 축하해 주었다. 그러자 병사는 쭈뼛거리며,

"이번에 결혼할 사람은, 반년 전의 그 사람이 아닙니다."

하고 말하는 것이었다.

여러분은 상관이 휴가를 허락했을까요, 안 했을까요? 다 같이 한 번 생각할 필요가 있지 않을까요?

 지혜노트

매일 사랑을 말하는 사람이라고 해서 애정이 늘어나거나 발전하는 것은 아니다. 혼인은 결혼을 공증하는 주례의 결혼선언문 낭독으로 이루어지는 게 아니라 두 사람이 결정하는 "평생의 사업"으로 이루어지는 것이다. 첫눈에 반하여 결혼할 수도 있는 것이지만, 그래도 시간을 두고 서로를 어느 정도 이해한 다음 결정하는 것이 좋은 방법이 아닐까?

23. '믿음'의 연애학

　사학을 전공하는 마사코는 매우 속상했다. 토목(土木)과를 다니는 남자친구가 그녀를 점점 더 쌀쌀맞게 대하기 때문이었다. 마사코는 그 남자친구에게 왜 그러는지 이유를 물어보고서야 알게 되었다.

　남자친구는 그녀가 새로운 남자친구를 사귄다고 오해하고 있었던 것이다. 그리하여 마사코는 토목과의 게시판에 다음과 같은 말을 남겨 놓았다.

토목과 남자친구에게 :

나는 너의 역사지식이 그렇게 부족하다는 걸 미처 몰랐어.

토목과에 다니는 이유를 이제야 알았어. 바로 고리타분하고 멍청해서 그렇다는 것을…….

내 노트에 여러 차례 적어놓은 '바이간(梅岩)'이라는 사람은 유명한 실학사상가의 이름이지 새로운 남자친구의 이름이 아니야!

부탁인데 이제부터라도 역사에 대해 좀 더 공부하는 게 어때?

그래야 내 남자친구가 될 자격이 있을 것 같은데…….

 지혜노트

많은 커플들이 반 이상은 사소한 오해로 인해, 아름다운 인연을 잃게 된다. 서로를 사랑하는 만큼, 서로에 대해 믿어야 한다. "당신을 믿어"하는 한마디가 "사랑해"를 열 마디 하는 것보다 더 확고하게 상대방의 마음에 와 닿을 수 있는 것이다.

24. 아름다운 옆모습의 사진 한 장

아직 결혼을 하지 않은 한 쌍의 청춘 남녀가 사랑에 불타고 있던 어느 날 남자가 몸이 이상해서 병원에 들려 진찰을 받았는데, 의사로부터 그만 불치병에 걸렸다는 진단이 내려졌다. 여자는 다니던 직장을 그만두고, 병원에서 그를 보살피는 데에 전념했다. 2년이란 결코 짧은 시간이 아니었다. 하지만 그녀는 한결같이 병상 옆에서 밥을 챙기고 약을 챙겨주며, 적극적으로 이것저것 모든 시중을 다 들었다. 아직 결혼한 사이는 아니지만, 그들의 순결한 사랑이 모든 사람들의 마음을 울렸다.

그들과 같은 병실의 환자들이 한 명 두 명 바뀌었지만, 젊은이의 병세는 호전을 보이지도 악화되지도 않았다.

그러던 어느 날 의사 선생님이 그들에게 침통한 소식을 들려주었다. 바로 젊은이가 이번 주를 넘기지 못한다는 것이었다. 그녀는 목이 잠기도록 통곡하였지만, 정작 젊은이는 길게 한숨을 돌리며 안도의 숨을 쉬었다. 신문사의 기자들이 이 감동적인 이야기를 듣고 급히 달려왔다.

생을 얼마 남겨두지 않은 남자가 여자 친구의 깊은 사랑을 말할 때는 감격에 차서 울먹이며 자신의 바람을 말했다. 사람들은 귀 기울여 그의 말을 들으면서 죽어도 여한이 없다는 아름다운 두 사람의 사랑 이야기에 가슴이 뭉클해져 모두의 얼굴에도 눈물로 얼룩져 있었다. 마지막 인터뷰에서 기자들이 두 사람이 같이 사진을 찍었으면 좋겠다고 하자 병든 젊은이가 가로막았다.

"찍지 않는 것이 좋겠어요."

"왜죠?"

"앞으로 그녀가 시집도 가야 되잖아요! 저는 그녀의 앞으로의 정상적인 생활에 방해가 되고 싶지 않아요."

그러는 그의 말을 들으며 그녀는 대성통곡하였다.

이튿날 신문에 실린 것은 여자의 옆모습이 찍힌 사진이었다. 마음 쓰리도록 아름다운 옆모습이었다.

사랑 그 자체가 바로 생명이다. 사랑은 죽지 않고 영원히 남겨 지는 것이다.

25. 어머니의 자랑스런 보석

로마의 한 마을에 어머니와 두 아들이 살고 있었다. 이른 아침 따스한 햇살 아래에서 재미있게 뛰놀고 있는 두 아들에게 어머니 카네리아가 다가와 말했다.

"사랑하는 애들아, 오늘 아주 부자인 엄마 친구가 집을 방문하기로 했단다. 그녀는 많은 보석들도 함께 가지고 와서 우리에게 보여줄 꺼야!"

오후가 되자 어머니가 말씀하신 그 부자인 친구가 찾아왔다. 손목에는 금팔찌가 눈부시게 반짝거리고, 손가락에는 반지가 찬란하게 빛났으며, 목에는 금목걸이를 하고 있었고, 머리 위에는 진주로 된 장식품이 은은하게 빛나고 있었다.

그 모습을 지켜보던 동생이 감탄하며 형에게 말했다.

"형, 저분은 정말로 고귀한 분인 것 같아. 태어나서 저렇게 화려하고 아름다운 사람은 처음 봐."

"맞아, 나도 너랑 같은 생각이야!"

하고 형이 맞장구를 쳤다. 그들은 부러운 눈빛으로 손님을 바라보다가, 옆에 계신 어머니의 모습을 살펴보았다. 어머니의 몸에는 오로지 소박한 옷 한 벌만 걸쳐져 있을 뿐 아무런 장식품도 없었다. 그러나 그녀의 얼굴을 환하게 비춰주는 온화하고 부드러운 미소만큼은 그 어떤 보석보다도 찬란했다. 그리고 위로 곱게 땋아 올린 금빛의 갈색 머리는 마치 왕관을 쓴 것처럼 아름다웠다.

"다른 보석들도 구경하고 싶니?"

부유한 친구가 카네리아에게 물었다.

그러자 그녀의 하인이 보석함을 들고 와서 탁자 위에 올려놓았다. 보석함을 열자, 그 속에는 온통 피처럼 붉은 루비와 하늘을 품은 듯한 사파이어, 바다와 같이 짙푸른 빛깔의 비취, 그리고 태양처럼 눈부신 다이아몬드로 가득 차 있었다.

이런 보석들이 부러운 듯 넋을 놓고 바라고 있던 두 형제는 이런 생각이 들었다.

"우리 어머니께도 이런 보석들이 있다면 얼마나 좋을까!"

자신의 보석들을 모두 자랑하고 난 친구는 의기양양해 하며 동정 어린 투로 말했다.

"말해봐 카네리아, 정말 그렇게 가난한 거야? 정말 단 하나의 보석도 없단 말이야?"

그러자 카네리아는 여유롭게 웃으며 대답했다.

"그렇지 않아. 내게도 귀중한 보석이 있단다. 네가 가진 보석보다 더 소중하고 값진 보석이야!"

"그래? 그럼 어디 한 번 꺼내 보여줘!"

친구는 두 눈을 크게 뜨면서 말했다.

어머니는 곁으로 두 아들을 불러 세우고는 미소를 띠며 말했다.

"이 두 아들이 바로 나의 보석이야. 이들이 네가 가진 보석들보다 훨씬 더 소중하지 않겠니?"

이렇게 말하는 어머니의 표정에는, 자랑스러움과 아들들에 대한 깊은 사랑이 듬뿍 담겨 있었다. 두 아들은 그런 어머니의 표정을 영원히 잊을 수가 없었다. 오랜 세월이 흘러 두 아들은 로마의 위대한 정치가가 되었다. 하지만 그들은 여전히 늘 그 때의 그 장면을 떠올리며 어머니의 모습을 마음에 간직했다.

 지혜노트

자식은 어머니에게 가장 귀중한 보석이고, 무엇보다 자랑스러운 보석이다. 이런 혈육의 정은 세상 그 무엇과 견주어도 비교할 수 없는 것이다.

26. 엄마에게 미운 자식은 없다

"백옥 아기"라는 별명을 가진 아이가 정해진 시간마다 작은 공원에 데리고 놀러오는 엄마가 있었다. 그녀가 아기를 데리고 나온 후로 원래 이곳에 자주 오던 어머니들과 아기들이 갑자기 자취를 감추었다. 전혀 오지 않는 것이 아니라, 단지 모이는 시간을 바꿔 "백옥 아기"와 같이 있는 것을 피할 뿐이었다.

"그 아기는 정말로 너무 예쁘게 생겼어! 꼭 백옥으로 빚어 놓은 것처럼 선이 뚜렷하고, 짙은 눈썹 아래 두 눈은 또 신기할 만치 크고, 산머루 같이 까만 눈망울은 깊은 호수 같아. 오똑한 코, 조그마한 입, 그리고 입 옆에 옴폭 파인 보조개까지! 어쩜 세상의 가장 아름다운 것을 모두 한 몸에 가지고 태어났을까? 우리 아이들의 두 눈을 합쳐도 그 애 한 쪽 눈보다 작으니 말이야!"

어머니들의 생각은 똑같았다. 가끔 조심하지 않아 "백옥 아기"를 마주치기라도 하면, 더욱 참지 못하고 칭찬을 했다. 그것은 어쩔 수 없이 저도 모르게 흘러나오는 감탄이었다. 그리고는 이내 자기 아이의 추한 용모를 부끄러워했다. 집에 돌아가서도 자신의 아기를 이리 보고 저리

보다가도 한숨처럼 뱉는 말이 "왜 그 집 '백옥 아기'랑 그리 차이가 많은 걸까?'하는 푸념을 늘어놓을 정도였다. 이런 불만과 불평이 두세 달 정도 지속되더니, 어느 날부터인가 어머니들은 갑자기 피하지 않기 시작했다. 심지어 "백옥 아기"가 나타나는 시간에 맞추어 자신의 아기를 안고 나오기도 했다. 그들은 일부러 "백옥 아기" 가까이에 앉아, "백옥 아기"를 보고 다시 자신의 아기를 바라보며 꼭 껴안고 얼굴에 진한 뽀뽀를 하는 등 더 많은 사랑을 듬뿍 주곤 하였다. 그러면서,

"비록 너는 '백옥 아기'보다 잘 생기지는 못했지만 엄마는 그 애보다 너를 끔찍이 아낀 단다! 엄마는 널 너무 사랑해……! 엄마를 사랑으로 이끌어 주는 너는 정말로 위대한 나의 분신이지……!"

전심을 다 해 자신의 아기를 사랑하는 엄마이기에 우리는 엄마를 잊지 못하는 것이다.

 지혜노트

아기를 사랑하는 것은 어머니의 천성이고, 그것을 의심하거나 비난해서는 안 되며, 또한 그것은 종종 어머니의 약점이기 되기도 한다. 왜냐하면 자녀에 대해 지나치게 애지중지하면 결국 과잉보호를 초래하게 된다. 사랑이 지나치면 아이들에게는 오히려 빠져나올 수 없는 늪이 될 수 있다는 것을 잊지 말아야 한다.

27. 어미 낙타의 헌신적 사랑

아프리카 사하라사막을 여행하던 어느 미국인 여행자가 목격한 일이다. 사람이 살지 않는 외진 곳에 어미 낙타 한 마리가 새끼 낙타 몇 마리를 데리고 머리를 숙인 채 걸어가고 있었다. 그러다가는 종종 멈춰서서 바싹 마른 모래에 코를 대고 냄새를 맡곤 하였다. 미국사람은 낙타가 물을 찾아다니고 있다는 것을 직감적으로 알 수 있었다.

오랫동안 물을 마시지 못해 지칠 대로 지친 새끼 낙타들은 기운이 하나도 없어보였다. 옮기는 발걸음마다 비틀거려 곧 쓰러질 것 같았다. 이글이글 내리 쬐는 뜨거운 태양 아래 핏빛으로 벌겋게 상기된 눈은, 얼마 버티지 못하고 곧 쓰러질 듯했다.

그래도 새끼 낙타들은 어미 곁에 꼭 붙어서 뜨거운 햇볕을 피하고 있었는데, 어미 낙타는 새끼 낙타들이 자신의 그림자 아래서 걸을 수 있도록 햇볕의 방향에 따라 이러 저리 데리고 가는 것을 여행자는 보고 있었다.

마침내 그들은 반달 모양의 물웅덩이를 찾자 걸음을 멈췄다. 새끼 낙타들은 흥분을 감추지 못하고 연신 코 투레질을 하지만 물을 마시는 새끼 낙타는 한 마리도 없었다. 망원경으로 멀리서 그들 모습을 보니 그들이 서 있는 곳과 샘물과의 거리가 너무 멀어서 아무리 발버둥을 쳐도 새끼 낙타들의 목이 물가까지 닿지 않았던 것이다.

　바로 이때 놀라운 일이 벌어졌다. 어미 낙타가 새끼들 주변을 몇 바퀴 뱅뱅 맴돌더니 갑자기 몸을 날려 그 깊은 물웅덩이 속으로 뛰어들었기 때문이었다. 그렇게 해서 수위를 높였던 것이다. 그때서야 새끼 낙타들은 비로소 물을 맛있게 마시는 것이었다.

 지혜노트

　세상에는 모성애보다 위대한 사랑은 없다. 그 사랑을 위해 어머니는 때로 자신의 목숨까지도 서슴없이 희생하는 것이다.

28. 무릎까지 꿇으며 애원하던
어미 소의 모성애

한 도축업자가 재래시장에서 소 한 마리를 샀다. 몸집이 튼튼하고 두리뭉실하게 살찐 소를 끌고 도축업자는 아주 기쁜 마음으로 집에 돌아왔다. 그리고 도살을 하기 위해 칼을 들고 다가가자, 소가 두 눈에 눈물을 가득 머금고 자기를 쳐다보고 있는 것이었다. 그러한 소의 눈을 보자 도축업자는 속으로 "소는 사람과 교감할 수가 있고, 인정을 아는 동물이기에 곧 다가올 자신의 운명을 예감할 수 있지"하고 되뇌이며 칼 든 손을 내렸다. 하지만 가만히 생각해보니 소 한 마리 값이 꽤나 나가기에 도살을 안 하면 손해가 막심하다는 것을 떨칠 수가 없었다.

도축업자는 다시 칼을 들었다. 그러자 소가 갑자기 '쿵'하고 두 다리를 꿇더니 비 오듯 눈물을 줄줄 흘리는 것이었다. 10여 년 동안 도축업에 종사해 오면서, 그가 도살한 소는 헤아릴 수 없이 많았고, 죽기 전 눈물을 흘리는 소도 수없이 많이 보았지만, 무릎을 꿇은 소는 이번이 처음이었다. 그러나 도축업자는 더 이상 생각하지 않고 신속하게 칼을 휘둘렀다. 곧바로 시뻘건 피가 소의 목으로부터 철철 흘러 나왔다.

그다음 도축업자는 가죽을 벗기고 배를 가르기 시작했다.

배를 갈랐을 때, 도축업자는 그야말로 깜짝 놀라 손에 들었던 칼을 바닥에 떨어뜨리고 말았다. 소의 자궁 안에는 갓 형태를 갖추기 시작한 송아지 한 마리가 조용히 누워 있었던 것이다.

도축업자는 그제서야 왜 소가 무릎을 꿇었는지를 알 수 있었다. 어미 소는 배 속에 있는 자신의 새끼를 살려달라고 간절하게 빌었던 것이다.

도축업자는 곰곰이 생각한 뒤, 자신의 관례를 깨고 소고기를 시장에 내다 팔지 않았다. 도축업자는 어미 소와 태어나지 못한 채 죽은 송아지를 들판에 같이 묻어주면서 다시는 "무릎을 꿇고 눈물을 흘리는 소는 잡지 않겠다"고 맹세했다.

 지혜노트

모든 생물의 모성애를 굳이 말로 표현한다면 그것은 매우 간단 하다. 그것은 조금의 꾸밈도 없고, 떠벌리지도 않으며, 티도 나 지 않는 지극히 평범한 것이나 사람의 마음을 움직이게 할 수 있는 위대한 것이다.

29. 자식은 부모를 보며 성장한다

　자발(子发)은 중국 전국시기(战国时期) 초(楚)나라의 대장군이었다. 병사를 거느리고 진(秦)나라를 공격하던 중, 전방에서 군량이 떨어지자 사람을 보내 왕에게 구원을 청했다. 사자는 임무를 마치고 돌아오는 길에 자발 장군의 노모께 안부 인사를 드리려고 잠시 들렀다. 사자를 본 노인이 그에게 물었다.

　"병사들은 다들 무사하게 지내는가?"

　"예, 조금 남은 콩을 한 알씩 나누어 먹으며 버티고 있습니다."

　"당신 장군은 무엇을 먹고 있소?"

　"장군께서는 매 끼마다 고기랑 쌀밥을 드실 수 있으므로 건강하게 잘 지내고 계시니 너무 걱정하지 않으셔도 됩니다."

　자발이 승리를 거두고 집으로 돌아왔다. 그러나 자발의 어머니는 대문을 굳게 닫아걸고 돌아온 아들을 집안으로 들이지 못하게 했다. 그리고 사람을 보내 자발에게 전하라고 했다.

"너의 병사들이 배를 굶으면서 싸우고 있을 때, 정작 장군인 너는 먹을 것 다 먹고 마실 것 다 마셨으니, 이번 전쟁에서 거둔 승리가 어찌 너의 공이라고 할 수 있겠느냐!"

노모는 또,

"월(越)나라 왕 구천(勾踐)이 오(吳)나라를 치고 있을 때, 한 사람이 그에게 술 한 단지를 선물하자 월 왕은 사람을 시켜 술을 강의 상류에 모두 붓게 하고, 병사들과 하류에서 함께 물을 마셨다고 하였다. 비록 술맛은 나지 않았지만, 월 왕은 병사들의 사기를 크게 북돋아주어 전군의 전투력을 상승시킬 수 있었다. 그런데 너에게는 너의 병사들이 안중에도 없으니, 넌 내 아들이 아니니 내 집에 들일 수 없느니라!"

어머니의 꾸지람을 듣고 난 자발은 눈물을 흘리며 노모께 자신의 잘못을 빌었다.

그러면서 날이 잘 선 자신의 장군도를 빼들고는 손바닥을 베어 흐르는 피로 "앞으로는 병사의 마음을 잘 헤아려 절대로 잘못을 저지르지 않겠습니다."하는 각서를 써 노모께 올렸다. 그런 아들의 의지를 확인한 노모는 그제서야 그를 집 안으로 들어오도록 허락했다.

 지혜노트

"자식 교육은 부모에게 달렸다"는 말이 있다. 자녀의 올바른 성장은 집안 어른들에게 아주 큰 책임이 있는 것이다. 아이가 훌륭한 재목으로 자라게 하려면, 반드시 아이에게 모든 사람을 차별하지 말고 널리 사랑할 수 있는 박애정신을 심어주도록 해야 한다. 그러한 마음을 가진 사람이 되어야 다른 사람들에게도 사랑을 베풀 줄 알게 되어 리더자로 성장할 수 있는 것이다.

30. 아버지의 타이름을 경시한
자식들의 패가망신

　머지않아 세상을 떠나게 될 한 노인이 있었다. 그는 임종을 앞두고 세 아들을 자기의 병상 옆으로 오게 하여 말했다. "사랑하는 아들들아, 너희가 한번 이 한 묶음의 화살을 부러뜨려 보거라. 그리고 나서 아비가 너희에게 이 화살들이 함께 묶여있는 이유를 말해주려고 한다."

　큰아들이 먼저 한 묶음의 화살을 집어 들고, 젖 먹던 힘까지 써서 부러뜨려 보았지만 실패하고 말았다.

　"힘이 센 사람에게 줘야겠네요."

　큰아들은 이렇게 말하며 둘째에게 화살을 넘겨주었다. 둘째 아들은 건네받은 한 묶음의 화살을 힘껏 구부려보았지만 역시나 헛된 짓이었다. 마지막으로 막내까지 도전해 보았지만 여전히 헛수고로 끝났다. 한 묶음의 화살은 단 하나의 화살도 부러지지 않고 그대로 묶여 있었다.

　"에이구! 힘도 없는 놈들 뿐이구나……."

　보고 있던 아버지가 입을 열었다.

　"잘 보거라. 지금부터 이 아비의 힘을 보여줄 터이니."

아들들은 아버지가 농담으로 하시는 줄로 알고 웃기만 할 뿐 누구도 대답하지 않았다. 노인은 묶여있던 화살을 풀어서 전혀 힘을 들이지 않고 하나하나 쉽게 부러뜨렸다.

"잘 보았느냐? 이것이 바로 단결의 힘이란다. 너희들도 반드시 형제애로 하나같이 똘똘 뭉쳐야 한다. 그러면 그 누구든 또 어떠한 시련이든 너희들을 절대 꺾을 수 없을 거야!"

이것은 위중하신 아버지가 병상에 누워있는 동안 가장 길게 한 말이었다. 말을 마친 후 노인은 자신이 곧 이 세상을 떠나게 된다는 것을 예감했다.

"얘들아, 아비의 말을 꼭 명심하거라. 너희들은 언제나 단결해야 한다. 아비가 죽기 전에 이 아비 앞에서 셋이 모두 맹세하려무나."

세 아들은 눈물범벅이 되어 임종을 앞둔 아버지께 꼭 말씀대로 하겠다고 다짐했다. 아버지는 만족스러워 하며 눈을 감았다.

세 형제는 아버지의 유물을 정리하다가, 아버지께서 남기고 가신 넉넉한 유산을 발견했다. 하지만 번거로운 일들도 적지 않게 있었다. 모든 재산을 차압하겠다는 채권자도 있었고, 토지문제로 그들에게 소송을 걸겠다는 이웃도 있었다.

처음에는 형제 셋이 함께 머리를 맞대고 의논하면서 처리하였기 때문에 문제를 잘 해결할 수 있었다. 그러나 그리 좋던 형제의 우애는 결코 오래가지 못했다. 같은 피를 나눈 형제일지라도 각자의 이익을 추구하느라 결국 뿔뿔이 흩어지고 말았던 것이다.

　욕망과 질투, 그리고 아버지의 재산 분할로 인해 벌어진 법적 문제는 삼형제 모두를 괴롭혔다. 이렇게 죽어라 하고 싸우고 있는 형제들을 말리려고 법관은 한 사람 한 사람을 불러 가르치면서 처벌을 면해주려고 하였다. 그러나 그 뜻을 헤아리지 못한 삼형제는 화목하지 못하고 계속 으르렁 거리며 싸움을 해댔다. 그러는 사이에 채권자들과 이웃 사람들은 항소하여 기존의 판결을 뒤엎었다. 그러자 삼형제는 서로에게 책임을 전가하며 그나마 남은 재산을 차지하려고 더욱 치열하게 싸웠다. 나쁜 수단까지 동원한 아들들은 서로에게 해를 입히기까지 했고, 결국에는 재산마저 전부를 잃게 되었다.

　그제서야 그들은 임종을 앞둔 아버지의 타이름을 떠올렸지만 이미 후회막급이었다.

 지혜노트

하나로 단결하여 똘똘 뭉치면 그 힘은 무궁무진하여 어떤 고난이라도 헤쳐 나갈 수가 있다. 집안이 화목하면 모든 일이 잘 이루어지지만, 반대로 내부의 불협화음과 모순은 한 가정을 쇠락의 길로 가게 한다. 가정이 그렇듯이 나라 또한 마찬가지인 것이다.

31. 창고 안을 가득 채운 불빛

세 아들의 총명과 재주를 시험해 보기 위해 지혜로운 아버지는 고심 끝에 한 가지 좋은 방법을 찾아냈다. 아버지는 세 아들에게 각각 100만원씩 나눠주며, 그 돈으로 생각해낼 수 있는 물건은 무엇이든 사서 그 물건으로 1000평이나 되는 큰 창고를 가득 채워 보라고 했다.

큰아들은 한참을 생각하더니, 100만 원어치 볏짚을 사기로 결정했다. 볏짚을 실어다가 창고에 넣어 보았지만 결국 창고의 절반도 차지 않았다.

둘째 아들은 조금 더 지혜로웠다. 그는 돈 100만원으로 솜뭉치를 가득 사왔다. 포장된 솜을 헤쳤을 때 압축되었던 솜이 부풀어나서 창고를 가득 채울 수 있을 거라고 생각했던 것이다. 하지만 창고가 너무 커서 그 3분의 2도 채우지 못했다.

형들의 행동을 모두 지켜보고 있던 막내는, 그들의 도전이 하나하나 실패하는 것을 보고나서야 움직이기 시작했다. 막내아들은 여유롭게 창고로 걸어 들어가더니, 열려 있던 모든 창문을 꽁꽁 닫은 후, 아버지를 창고 안으로 모셔왔다. 그다음 그는 창고 문까지 꼭 닫았다. 창고 안은 삽시간에 한 치 앞이 보이지 않을 정도로 캄캄해졌다.

이때 막내아들은 주머니에서 성냥을 꺼내 1000원을 주고 산 커다란 초 한 대에 불을 붙였다. 그러자 순식간에 칠흑같이 어둡던 창고가 불빛으로 가득 차버렸다. 그리고 비록 그 빛은 희미했지만 그것은 창고 구석구석까지 비춰 전체를 볼 수 있게 하였다. 그러면서 아들은,

"아버지! 저는 불빛으로 이 창고 안을 가득 채웠습니다."

하고 자랑스레 말했다. 그는 지혜로운 막내아들을 보는 아버지의 마음까지도 흐뭇함으로 가득 채워주었던 것이다.

 지혜노트

덮어놓고 물욕으로만 만족을 얻으려 한다면 결코 마음의 허전함을 달랠 수가 없을 것이다. 어둠 속의 촛불처럼 사랑만이 사람들의 공허한 마음을 골고루 따스하게 가득 채워줄 수 있는 것이다.

잭(Jack)과 존(John)이라 불리는 두 형제가 있었다. 그들은 1층의 다락방에서 같이 살았는데, 오랫동안 수리를 하지 않은 탓으로 침실의 창문은 종일 밀폐되어 있었다. 창문의 유리창에 쌓인 두터운 먼지는 그나마 틈사이로 들어오던 가느다란 햇빛마저 못 들어오게 하여 방 안은 거의 어둠으로 꽉 차 있었다.

　두 형제는 찬란한 햇빛이 무척 부러웠다. 그리하여 둘은 서로 의논했다.

　"우리 같이 저 밖의 햇빛을 조금만 쓸어다 방으로 들여오면 어떨까?"

　그렇게 하기로 합의한 두 형제는 빗자루와 쓰레받기를 들고 베란다로 가서 햇빛을 쓸어 담기 시작했다. 그들은 베란다 바닥을 비추고 있는 햇빛을 열심히 쓰레받기에 쓸어 담았다. 그리고는 조심스레 다락방으로 옮기기 시작했다. 그런데 계단 입구의 어두운 사각지대를 지나는 순간에 햇빛은 온데간데없이 사라지고 말았다. 그렇다고 여기에서 포기할 형제가 아니었다. 한 차례 또 한 차례 그렇게 햇빛을 쓸어 담고 조심스럽게 옮기기를 수도 없이 되풀이하였지만 역시나 헛된 수고였다.

　방 안은 여전히 어둠으로 차 있었다.

"이렇게 노력하였는데 무엇 때문에 여전히 햇빛을 방 안으로 옮겨올 수 없는 걸까?"

두 형제는 이 풀리지 않는 수수께끼 때문에 머릿속이 복잡하고 무척 곤혹스러웠다. 주방에서 바쁘게 일을 하시고 있던 어머니께서 두 형제의 이상한 행동을 지켜보고 있다가 물었다.

"너희들 지금 뭘 하는 거니?"

그들은 대답했다.

"저희 방 안이 너무 어두워서 밖에서 햇빛을 조금 쓸어오려고 했는데 잘 안 되네요."

어머니는 아들들 하는 짓이 우습기도 답답하기도 하여 나무라는 조로 말했다.

"창문을 열면 햇빛이 자연히 들어올 텐데 구태여 쓸어 담아서 들어올 필요가 어디 있니. 이 미련한 놈들아! 에구 내 팔자야!"

 지혜노트

사람의 마음도 마찬가지다. 꽁꽁 닫았던 마음을 활짝 열거나 혹 은 약간의 틈만 내어준다면, 곧 무한한 광명과 따스함을 느끼게 될 것이다.

33. 이해와 도움만이 상대방의
마음을 열 수 있다.

차고 문에 크고 견고한 자물쇠 하나가 걸려 있었다. 차고 안에 필요한 것을 꺼내려는데 문이 잠겨 있자, 굵고 커다란 쇠몽둥이는 제 딴에는 좋은 방법이라고 생각하여 비틀고 두들겨 보았지만 자물쇠는 열리지 않았다.

어이가 없다는 듯이 지켜보고 있던 쇠톱이 도전에 나섰다.

쇠톱은 수없이 밀고 당기기를 반복하며 용을 썼지만, 단단한 자물쇠는 금조차 안 그어졌다.

이때 납작하고 구부정하여 보잘것없이 보이는 열쇠가 오더니 자물쇠 구멍으로 쏙 들어가자, 그 크고 단단하던 자물쇠는 '찰깍'하며 바로 열리는 것이었다.

"너 어떻게 해낸 거니?"

쇠뭉둥이와 쇠톱이 의아해하며 물었다.

"나는 자물쇠의 마음을 잘 알기 때문이지."

하며 열쇠가 차분하게 대답했다.

 지혜노트

모든 사람의 마음에는 큰 자물쇠가 걸려 있다. 사람과 사람 사이의 모든 오해, 의심 그리고 모순은 늘 서로의 마음을 잘 알지 못하여 생기는 경우가 많다. 따라서 다른 사람의 속마음을 이해하고 그 마음에 딱 맞는 도움을 주게 되면 그 사람의 마음을 열수 있는 것이다.

34. 사랑과 배려는 상대방을 안도 시킨다

한 남자아이가 할아버지로부터 생일 선물을 받았다. 그 선물은 바로 작고 귀여운 거북이 한 마리였다. 남자아이는 너무도 기쁜 나머지, 거북이와 친구처럼 장난을 치며 놀고 싶었다. 그러나 처음으로 낯선 환경에 오게 된 거북이는 머리를 딱딱한 등딱지 안에 쏙 집어넣고 내놓으려 하지 않았다. 남자아이는 거북이가 머리를 내밀어 같이 놀고 싶어 하는 마음에 막대기로 자꾸 거북이 머리 쪽을 툭툭 치며 머리를 내밀라고 재촉했다. 하지만 그러면 그럴수록 거북이는 더욱더 머리를 내밀 생각을 안 했다.

아이의 행동을 가만히 지켜보던 할아버지가 조용히 타일렀다.

"이런 방법 말고, 할아버지가 더 좋은 방법을 가르쳐 줄까?"

하고 손자에게 말하자 난감해 하던 손자는 머리를 끄덕이며 동의를 표했다.

할아버지는 아이와 함께 거북이를 들고 집 안으로 들어왔다. 그리고 거북이를 따뜻한 벽난로 옆에 내려놓았다. 몇 분이 지나자 더움을 참지 못한 거북이는 스스로 감추었던 머리와 다리를 내밀었다.

그리고는 남자아이를 향해 천천히 기어왔다.

거북이를 바라보면서 할아버지가 말했다.

"동물이나 사람이나 다 마찬가지란다. 억지 수단이나 무모한 방법으로 재촉하거나 귀찮게 굴면 절대로 너를 따르지 않는 법이다.

언제나 친절하고 착한 마음으로 성의와 다정함을 보여주어 상대방이 따뜻함을 느껴야만 네가 바라는 것을 해주게 된단다."

 지혜노트

상대방 마음의 문을 두드리고 그 속으로 들어가려고 한다면, 먼저 그 사람에 대해 친절하게 대해주고, 진정한 사랑과 관심을 보여주는 것이 가장 빠르고 효과적인 방법이다.

35. '책임'이라는 짐을 내려놓자

어떤 사람이 자신의 삶이 몹시 무겁게 느껴져 그 무게감에서 벗어날 수 있는 방법을 찾고자, 어질고 지혜로운 철인을 찾아 갔다. 철인은 그에게 바구니 하나를 건네주며 그에게 바구니를 등에 지라고 했다. 그리고 자갈길을 가리키며 말했다.

"한 걸음 걸을 때마다 돌멩이 하나를 주워 바구니에 담으세요. 그리고 어떤 느낌이 드는지 생각해 보세요."

그 사람은 철인이 시킨 대로 한발자국을 뗄 때마다 바구니에 돌멩이를 주워 담았다. 그러는 그를 바라보면서 철인은 빠른 걸음으로 길 쪽 끝에 먼저 도착하여 그를 기다렸다.

한참이 지난 후에 자갈길 끝에 도착한 그 사람에게 철인은 어떤 느낌이 들었는지를 물었다.

"점점 더 무거워지는 걸 느꼈어요."

그 사람이 대답했다.

"당신의 삶이 점점 더 무겁게 느껴지는 이유도 바로 그것입니다."

철인이 다시 말했다.

"사람은 이 세상에 태어날 때부터 등에 빈 바구니 하나를 지고 나오지요. 인생이라는 긴 여정에서 우리는 걸음을 걸을 때마다 물건 한 가지를 주워서 바구니에 넣게 되지요. 그렇기 때문에 갈수록 어깨가 무거워지게 되는 것입니다."

"이 무게를 덜어낼 수 있는 방법은 없나요?"

그 사람이 이렇게 묻자 철인은 되물었다.

"그럼 당신은 직업, 사랑, 가정, 우애 중 어느 것을 덜어내고 싶습니까?"

그 사람은 입을 다문 채 선뜻 대답하지 못했다.

"모든 사람의 바구니에는 이 세상에서 정성 들여 찾은 물건만 담겨있는 것이 아니라, 그 책임도 함께 있어요. 그것이 무겁다고 생각될 때, 나보다 더 무거운 짐을 진 사람을 보면서 내가 그 사람이 아니어서 다행이라고 생각해 보세요. 다른 사람의 바구니는 당신의 바구니보다 크고 또한 더 무겁다는 것을 알게 될 겁니다."

 지혜노트

세상을 살다보면 세월이 흐름에 따라 책임을 져야 하는 것들이 점점 더 많아지게 마련이다. 만약 이런 책임을 모두 짐이라고 생각한다면, 날이 갈수록 무거워지게 될 것이다. 그러나 반대로 만약 그 책임을 자신이 얻은 전리품이라고 생각한다면, 갈수록 가볍고 즐거움을 느낄 수 있을 것이다.

36. 좋고 나쁨은 자신의 마음에 달려있다.

작은 마을의 외곽 도로에 한 노인이 앉아 있었다.

낯선 사람이 차를 운전하고 이 작은 마을을 지나다가 노인을 보고 차를 멈춰 세웠다. 낯선 사람은 차문을 열고 노인께 물었다.

"어르신, 이 마을 이름이 무엇이지요? 여기에는 어떤 사람들이 모여 살고 있나요? 제가 지금 새로운 거주지를 찾는 중이라서요."

노인은 머리를 들어 낯선 사람을 힐끗 보고는 대답했다.

"당신이 원래 살던 곳에는 어떤 사람들이 살고 있는지, 나에게 먼저 말해 줄 수 있겠소?"

그러자 낯선 사람이 말했다.

"그곳 사람들은 예의도 없고, 지나치게 이기적인 사람들뿐이었지요. 그러다 보니 즐거움이란 게 전혀 없는 정말로 견디기 힘든 곳이었어요. 제가 그 곳을 떠나려는 이유기도 합니다."

이 말을 듣고 나서 노인이 말했다.

"여보시게, 당신 또 실망하겠구려. 이 마을 사람들도 당신이 말한 그 동네 사람들과 똑같다오."

"아! 그래요?"

하면서 불만이 가득한 표정으로 뒤도 돌아보지 않고 차를 몰고 떠나가 버렸다. 한참 후에 또 어떤 낯선 사람이 마을로 들어오더니, 노인에게 방금 전 떠나버린 사람과 같은 것을 물어보았다.

"이곳에는 어떤 사람들이 살고 있나요?"

노인은 앞사람에게 한 말과 똑같이 낯선 사람에게 되물었다.

"당신이 원래 살던 곳에는 어떤 사람들이 살고 있었나요?"

"네! 그 곳에 사는 사람들은 아주 친절하고 선량하답니다. 저와 저의 가족들은 그 곳에서 정말 아름다운 시절을 보냈습니다. 그런데 직장 문제로 부득이하게 그 곳을 떠나게 되었어요. 예전 그 곳과 같은 좋은

마을을 찾을 수 있으면 좋겠어서 여쭤 보는 겁니다."

말을 듣고 난 노인이 말했다.

"당신은 정말 운이 좋은 사람이오, 젊은 양반! 이 마을에는 당신이 살던 그 곳

사람들과 똑같이 좋은 사람들 만 살고 있다오.

당신이 이곳에 살다보면 분명히 이 마을 사람들이 마음에 들 거고 그들도
당신을 좋아할 거요!"

 지혜노트

만약 눈이 태양이라면 보이는 것은 태양처럼 환할 것이고, 만약
눈이 어둠이라면 보이는 것도 어둠일 것이다. 인생과 세상을 바
라봄에 있어서, 완전무결함을 추구하거나 또는 그렇지 못한 것
에 대해 불만을 가질 것이 아니라, 긍정적인 마음을 갖고 더불
어 살아가야 한다.

37. 칭찬과 비판에는 일정한 도가 있어야 한다

매년 본(vaughn)은 모 잡지를 발행하고 있는 단체에서 주최하는 심사위원으로 초청 받아 참석해 왔다. 그것은 비록 보수가 많은 일은 아니지만, 무척이나 명예로운 일이었다. 수많은 사람들이 심사위원으로 참석하기를 원했지만 주최 측에서 불러주지를 않아 참석할 방법이 없었고, 또 한두 번 참석한 사람들에게는 더 이상의 기회가 주어지지 않았다. 그러나 본(vaughn)은 해마다 이런 '영광'을 누릴 수 있어서, 사람들은 무척이나 부러워했다.

그가 정년퇴직을 하던 해에 한 사람이 그 비결에 대해 물었다. 그러자 그는 미소를 지으며 사람들에게 그렇게 할 수 있었던 비밀을 공개했다.

그는 자신이 전문가로서의 예리한 판단력을 가진 것도 아니고, 또 남들이 알아주는 직위에 있어서도 아니라면서, 단지 그는 참석할 때마다 다른 사람의 '체면'을 먼저 중요하게 생각하여 자신의 의견을 자제하며 참여했기 때문이라고 했다. 그러면서 그는 심사하는 회의에서 항상 한 가지 원칙을 반드시 지켰다고 했다. 즉 칭찬과 격려는 아끼지 않았고, 비판은 자제했다는 것이었다. 그러나 회의가 끝난 다음에는 편집자들을 조용한 곳으로 불러 그들의 부족한 부분을 불쾌해 하지 않게 조심하며 지적해 주었다는 것이었다.

이처럼 사람들의 체면을 항상 염두에 두고 심사를 하였던 그는 이 업무를 맡아 하는 인원들과 각 잡지의 편집자들로부터 존경과 호감을 받았고, 적절한 지적으로 잡지의 평판도 좋아짐으로써 그는 매년 심사위원으로 초청 받을 수 있었던 것이다.

 지혜노트

다른 사람의 체면을 세워주는 것은 어려운 일이 아니다. 칭찬과 비판은 일정한 도를 지키면서 장소를 가려서 해야 한다. 원칙을 지키면서도, 융통성이 있어야 하고, 진리를 고수하면서도, 일리가 있어 지적받는 사람이 쉽게 받아들일 수 있도록 해야 한다. 그래야만 상대방의 체면도 지킬 수 있고, 자신의 의견도 받아들이게 할 수 있는 것이다.

38. 주는 만큼 받는 것이 인간관계의 법칙

같은 학교를 다니는 친구 사이에 불화가 생기자 그 일을 선생님까지 알게 되었다. 어느 날 선생님은 수업시간에 모든 학생들에게 종이쪽지를 하나씩 나누어 주며, 거기에 가장 빠른 속도로 자신이 싫어하는 사람의 이름을 적으라고 했다.

그러자 어떤 학생은 30초 안에 떠올린 학생의 이름을 썼고, 또 어떤 학생은 한 사람도 떠올리지 못해 빈 쪽지를 내기도 했다. 그러나 일부 학생은 한꺼번에 15명이나 나열해 써내기도 했다.

선생님은 쪽지를 하나하나 거둔 다음 통계를 내고 분석해 보았다. 그 결과 놀라운 결과를 발견했다.

싫어하는 사람을 많이 적어 낸 학생이, 상대적으로 많은 사람들이 싫어하는 대상이 되어 있었고, 싫어하는 사람이 없거나 혹은 아주 적은 학생은 마찬가지로 그를 싫어하는 사람도 적었던 것이다.

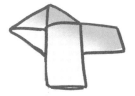

그리하여 선생님은 이와 같은 결론을 내릴 수 있었다.

즉 다른 사람에게 비판을 잘 하는 사람은 자신도 상대방으로부터 비판을 당하고 있다는 사실이었다.

 지혜노트

우리가 누군가를 좋아하면, 그 사람도 마음을 열고 우리를 받아줄 수 있다. 그러나 우리가 누군가를 싫어하면, 그 사람도 역시 우리를 받아들이지 않을 수 있게 된다. 우리가 다른 사람을 어떻게 대하는가에 따라 다른 사람도 우리를 그렇게 대하는 것이다.

39. 나의 잘못을 지적해준 한 통의 편지

조지 로트너는 비엔나에서 몇 년간 변호사로 일하다가 제2차 세계대전 당시 스웨덴으로 도피해 오면서 보잘 것 없는 신세가 되자 구직이 시급한 상황에 놓이게 되었다.

그는 몇 개 나라의 언어를 말하고 쓸 줄 알았기에 수출입 회사에서 비서직으로 취직할 수 있기를 바랐다. 그러나 그가 원서를 보낸 대부분 회사들에서는 전쟁을 하고 있는 상황에서 그와 같은 인재를 필요로 하지는 않는다는 회답 편지만을 보내왔다. 그렇지만 그의 이름은 반드시 인사 파일에 저장해두겠다고 하였다.

온통 이러한 회답만을 확인하던 중에, 그는 얼마 후에 다른 한 통의 편지를 받았다.

"당신은 우리 회사의 업무를 전혀 이해하지 못하고 있는 것 같군요. 당신은 어리석고 미련한 것 같아요. 그리고 나는 나 대신 편지나 쓰는 비서가 절대 필요하지 않아요. 필요하다고 하더라도 당신과 같이 스웨덴어조차 제대로 쓸 줄 몰라 편지에 온통 틀린 글자를 나열해 놓는 사람은 채용하지 않습니다."

조지 로트너는 이 편지를 읽고는 화가 치밀어서 미칠 지경이었다. 그리하여 그도 상대방에게 약을 올리고자 편지를 한 통을 썼다. 그러나 쓰는 동안 생각을 해 보니 자신이 화를 낼 일이 아니라고 생각하게 되었다.

"아냐! 그 사람이 한 말이 틀리지 않았어. 스웨덴어는 내가 잘하는 모국어가 아니잖아. 만약 정말 그 사람의 말이 맞다면 취직을 하기 위해서는 게을리 하지 말고 더 많은 노력을 해야 할 것 같아! 그 사람이 비록 내 귀에 거슬리는 말을 했지만, 그렇다고 그가 잘못 지적한 것은 아니잖아……. 오히려 나의 잘못을 지적한 그에게 고마움을 표해야 할지도 몰라. 그래 그 사람에게 감사의 편지를 쓰는 것이 오히려 맞는 일인 것 같아."

그렇게 자신의 화를 억제시키며 곰곰이 생각한 그는 결국 감사의 편지 한 통을 썼다.

"비서를 필요로 하지 않는 상황에서도 저에게 답장을 보내주셔서 정말 감사하기 그지없습니다. 그리고 귀사의 업무를 잘못 이해한 사실에 대해 진심으로 사과드립니다. 제가 이 편지를 쓰게 된 이유는 당신이 이 업종의 최고라는 인상을 받았기 때문입니다.

전에 보내드린 편지에 문법상의 착오가 많이 있었다는 것조차 미처 알지 못했던 저 자신이 너무나도 부끄럽고 괴로웠습니다. 앞으로 더욱 노력해서 스웨덴어를 잘 할 수 있도록 하겠습니다. 제가 계속해서 정진할 수 있도록 꾸지람을 주셔서 정말로 감사합니다."

　얼마 지나지 않아 그는 그 사람으로부터 다시 회답 편지를 받았다. 조지 로트너에게 일자리를 주겠다고 한 '통지서'가 들어 있는 답장이었다.

 지혜노트

누군가 자신의 단점과 잘못을 지적해 줄 때, 그것이 악의든 호의든 허심탄회하게 받아들이고 고치려고 노력해야 한다. 그래야만 끊임없이 자신의 재량을 늘리고, 능력을 향상시킬 수 있으며, 또 더 많은 친구를 얻을 수 있기 때문이다.

40. 잊을 수 없는 친구의 도움

아랍에서 전해오는 이야기 중에 이런 이야기가 있다.

사막을 여행하던 두 친구가 있었는데, 여행 도중 그들은 사소한 일로 인해 다툼을 벌이게 되었다. 결국 화가 잔뜩 난 그 중의 한 사람이 다른 한 사람의 뺨을 때리는 일까지 벌어졌다.

맞은 사람은 심한 굴욕을 느끼면서 홀로 텐트 밖으로 나와 아무 말도 하지 않은 채 모래 위에 "오늘 나의 친구가 나의 뺨을 때렸다"고 썼다.

그렇지만 그들은 다음날 아무 일도 없었다는 듯이 계속해서 여행을 했다. 오아시스가 있는 곳에 도착한 그들은 걸음을 멈추고 물도 마시며 땀에 젖은 옷을 빨기도 했다.

그런데 뺨을 맞은 친구가 오아시스 옆에 있다가 조심하지 않는 바람에 물에 빠져 익사하기 직전에까지 이르렀다. 그런데 그를 발견한 친구가 다행히도 그를 구해주었다.

목숨을 건진 친구는 작은 칼로 돌 위에 이런 말을 새겼다.

"오늘 나의 친구는 나의 목숨을 구해주었다."

그의 글을 본 친구는 신기하다한 듯이 그에게 물었다.

"내가 어제 널 때렸을 때는 모래에다 적더니, 이번에는 왜 돌에다 새기는 거지?"

그러자 그는 웃으며 대답했다.

"친구에게 상처를 받았을 때는 쉽게 지워질 수 있는 곳에 적어야 하지. 바람이 금방 지워줄 테니까 말이야. 반대로 만약 친구의 도움을 받았을 때는 그것을 마음 가장 깊은 곳에 새겨두어야 하니까. 그 어떤 바람이 불어도 지워지지 않게 하려면 돌에다 새기는 것이 제일 좋은 방법이니까 그러는 거야!"

 지혜노트

진정한 친구라면 그가 준 상처는 어쩌면 고의적이 아닐 수도 있기에 곧 잊어버려야 한다. 하지만 그가 준 도움은 진심이기 때문에 잊어서는 안 되는 것이다. 무심코 준 상처는 빨리 잊어버리고, 진심어린 도움은 오래도록 간직한다면, 진심으로 다가오는 친구가 점점 더 많아진다는 것을 알게 될 것이다.

41. 아량은 원한의 굴레를 벗겨준다

링컨은 사랑의 힘으로 길이 남을 위대한 역사의 한 페이지를 장식한 인류의 스승이다. 링컨이 대통령 선거에 출마했을 당시 그의 오랜 강적 에드윈 M. 스탠턴은 각종 이유로 그를 미워했다.

스탠턴은 기회가 있을 때마다 사람들 앞에서 링컨을 모욕하고, 거리낌 없이 그의 외모에 대해 공격했으며, 무례한 언어와 행동으로 링컨을 골탕 먹이려 했다. 그랬음에도 불구하고 세월이 흘러 대통령이 된 링컨은 그와 함께 나랏일을 의논하고 계획하는 몇 명 안 되는 각료로 임명하고, 특히 책임이 가장 막중한 자리인 국방부 장관에 임명했다. 이 소식이 전해지자 참모들은 링컨의 결정에 놀라지 않을 수 없었고, 거리와 골목 이곳저곳에서도 의논이 분분했다.

많은 사람들이 그에게 이렇게 말했다.

"대통령 각하! 사람을 잘못 임명하신 건 아닙니까? 지난날 스탠턴이 대통령에게 한 행동을 잊으셨습니까? 스탠턴은 반드시 당신의 일을 훼방 놓을 것입니다. 어떻게 그런 사람을 이런 중요한 자리에 앉힐 수 있습니까? 대통령께서 스탠턴의 임명을 재고해 주시기 바랍니다."

링컨은 이 말을 듣고 나서도 한 치의 흔들림 없이 대답했다.

"나는 스탠턴을 잘 알고 있습니다. 지난날 그가 나에게 했던 비난들도 선명하게 기억합니다. 하지만 그는 지금의 난국을 훌륭하게 극복할 수 있는 소신 있고 추진력을 갖춘 사람입니다. 나라의 앞날을 고려하면 그가 국방부 장관 자리에 가장 어울리는 사람이라고 봅니다."

결국 스탠턴은 나라와 링컨을 위해 최선을 다했고 많은 일을 해냈다.

몇 년이 지나 링컨이 암살되자 그를 위인으로 받들어 칭송하는 말들이 수없이 쏟아져 나왔다. 그런 찬사들 중에서 스탠턴이 한 말이 가장 무게가 있었다.

"링컨은 세상에서 가장 존경을 받을만한 사람이기에 그의 이름은 영원히 사람들의 뇌리에 남을 것이다"

지혜노트

사랑은 원한을 풀어주는 최고의 무기이고, 세상의 가장 냉혹한 마음을 녹여주며, 모든 잘못을 감싸 안아줄 수 있는 원천이다. 사랑은 하느님이 인간에게 내려주신 가장 소중한 선물이다. 사랑이 있기에 사람들은 원한의 굴레에서 벗어나 진정한 마음의 자유를 누릴 수 있는 것이다.

42. 미소는 사랑과 행복의 밑거름

어느 날 본(Boone)은 업무상 고객을 방문하여 오랫동안 교섭하였지만 끝내 합의에 이르지를 못했다. 고뇌에 빠져 회사로 돌아온 본은 자초지종을 모두 상세하게 매니저에게 보고했다. 매니저는 본의 이야기를 끝까지 자세하게 들어주더니 한참을 생각하다가 말했다.

"한 번 다시 그 고객을 찾아가 보는 것도 무방하다고 생각해요. 그러나 재방문하기 전에 먼저 자신의 마음가짐을 바로잡으세요. 그리고 그를 만났을 때 미소를 지어야 한다는 것을 시시각각 떠올리세요. 마치 미소로써 상대방의 마음을 움직여 보겠다는 듯이요. 그러면 그 사람도 분명히 당신의 성의와 노력을 받아들이게 될 겁니다."

본은 매니저의 말대로 해보기로 했다. 그는 아주 즐겁고 진정성 있는 모습을 보여주면서 얼굴에 환한 미소를 띤 채 고객을 설득했다. 과연 본의 이런 노력은 상대방을 감화시키기에 충분했고, 결국 고객의 마음을 돌려 기분 좋게 계약을 체결하게 되었다.

본은 결혼한 지 벌써 2년이 다 된 중년이었다. 매일 아침 일어나서 다람쥐 쳇바퀴 돌 듯 출퇴근하는 것이 그의 하루 일과였다.

바쁘게 돌아가는 일상에서 그는 사랑하는 아내를 돌볼 틈도 없었고, 아내에게 웃어 보이는 일도 별로 없었다.

　그런데 매니저의 말대로 해서 일을 해냈던 일이 자신을 되돌아보게 했다. 그러면서 본은 미소가 그들의 결혼생활에 도대체 어떤 영향을 미칠 수 있을 수 있는지를 한번 실험해 보기로 했다.

　이튿날 아침 본은 머리를 빗으며 거울 속에 비춘 자신에게 미소를 짓기 시작했다. 그러자 근심이 어렸던 얼굴빛이 말끔하게 사라지는 것이었다. 식탁에 마주 앉아 아침 식사를 할 때도 그는 미소를 띠며 아내에게 아침 안부를 물었다. 별안간 변화된 모습을 보이는 남편에 대해 아내는 속으로 놀라움을 금치 못하면서도 기쁜 표정이 역력히 얼굴에 나타났다. 그렇게 하면서 두 주가 지나자 본도 그렇고 부인도 그렇고 두 사람 사이에 느껴지는 행복함은 지난 2년 동안 맛보았던 행복함보다 훨씬 더 좋았다는 생각을 들게 했다.

　그 후 본은 출근할 때면 빌딩 입구의 엘리베이터 관리원에게도, 수위에게도 미소를 지으며 인사를 건넸다. 그리고 모든 거래소 직원들에게도 환하게 웃음을 지으며 대했다. 그러자 그 사람들도 미소로써 자신을 대한다는 사실을 발견하게 되었다. 시간이 지날수록 본은 미소가 그에게 더 많은 수입으로 보답한다는 것도 알게 되었다.

지금의 본은 예전과 다르게 늘 진심으로 사람들을 칭찬하였고, 자신의 원하는 것과 고민을 화제로 삼지 않았다. 그리고 그는 다른 사람의 입장에 서서 문제를 보기 시작했다. 이 모든 노력은 정말로 그의 생활을 바꿔주었고, 그 속에서 그는 더욱 많은 즐거움과 행복을 얻었다.

 지혜노트

자신의 마음가짐을 바로하고, 미소를 지어야 한다는 것을 시시각각 떠올리며, 미소로써 상대방의 마음을 움직이게 한다면, 상대방도 분명 당신의 노력과 성의에 보답하게 될 것이다. 이처럼 미소는 사랑과 행복을 가져다줄 수 있는 밑거름인 것이다.

43. 통장 없는 저축

장대비가 퍼붓던 어느 날 오후 할머니 한 분이 미국 필라델피아의 한 백화점에 들어섰다. 카운터에 있는 대부분의 점원들은 할머니를 보고도 아는 체도 하지 않았다. 이때 한 젊은이가 할머니를 향해 걸어오더니 혹시 어떤 도움이 필요하신 지를 여쭤보았다. 단지 비를 피하려고 들어왔다는 할머니의 말을 듣고 나서, 그 젊은이는 할머니에게 어떤 상품을 팔려고 하거나 싫어하는 표정도 짓지 않은 채 오히려 할머니에게 의자 하나를 갖다 드리며 쉴 수 있게 도와드렸다.

비가 그치자 할머니는 그 젊은이에게 고맙다는 인사와 함께 명함을 하나 달라고 부탁했다. 그 일이 있은 후 몇 개월 뒤 이 상점 주인에게 한 통의 편지가 배달되었다. 편지에는 그 젊은이의 이름을 지목하며 스코틀랜드의 한 성에 채울 분량의 주문서가 들어 있었고, 그 젊은이가 화물을 직접 가지고 와야 한다고 하는 당부의 말까지 있었다. 당시의 가격으로 볼 때 그 액수는 아파트 수십 채를 살 수 있는 엄청나게 큰 금액이었다.

이 편지는 바로 비 오는 날 영업 직원이 의자를 갖다 드리며 쉴 수 있도록 한 할머니가 쓴 것이었다. 알고 보니 그 할머니는 미국의 강철 왕 카네기의 어머니였다.

젊은이가 짐을 싸서 스코틀랜드로 떠나려고 할 무렵 그는 이미 이 백화점 주인과 동업자가 되어 있었다.

그렇다면 이 젊은이는 무엇 때문에 다른 사람보다 더 빨리 성공할 수 있게 되었을까? 그 가장 주요한 원인은 그가 손님들에 대해 다른 사람보다 더 많은 관심과 예의를 갖추었기 때문에 가능했던 것이다.

 지혜노트

내주는 것이 있어야 얻는 것도 있다. 원하는 것만큼을 얻기 위해서는 반드시 먼저 그만큼을 내주어야 한다. 특히 아낌없이 내줄 수 있는 넓은 마음을 가진 자에게는 더 많은 것이 돌아온다는 것도 알아야 한다. 반대로 내주는 것에 인색할수록 얻어지는 것도 그만큼 적다는 것도 알아야 한다. 곧 내준다는 것은 저금 통장이 없는 저축과 같은 것이기 때문이다.

44. 남을 돕는 것이 곧 자신을 돕는 것이다

한 유명한 스타 가수가 있었다. 이름이 알려지기 전에 그는 꽤 오랜 시간 좋은 기회를 얻지 못하여 자신의 재능을 마음껏 펼치지를 못했다. 그 어떤 음반 제작회사에서도 그에게 음반 제작을 동의해 주지 않았다. 그리하여 그는 하루 세 끼조차 제대로 먹을 수 없을 정도로 힘든 생활을 해야 했다. 그래서 나이 먹고 염치없는 짓이지만 친구와 부모님의 도움을 받아 살아가야 했다.

그런 어느 날 사거리 건널목에 서서 길을 건너려고 하는데 등이 심하게 굽어 서 있기조차 힘들어 보이는 노인이 그의 앞을 막아서며 말하는 것이었다.

"여보게 젊은이! 나 좀 도와 이 길을 건네 줄 수 있겠나?"

그 때 사실 마음이 초조하고 정신이 복잡하여 만사가 귀찮았던 그는 갈 길을 막는 노인을 못 본 척하며 그대로 가버리고 싶었다. 하지만 등이 굽은 노인이 너무도 안쓰럽게 생각되어 그는 노인을 부축하여 교통이 복잡한 번화가의 건널목을 건네 드렸다.

"이제 좀 괜찮아졌소, 젊은이?"

노인은 길을 건너고 나서 이렇게 물었다. 아무 생각도 없던 그는 노인의 말에 무슨 말인지도 모른 채,

"무슨 말씀이신지요?"

하며 거꾸로 물었다. 그러나 마음 한편으로 일시적이기는 하지만 누군가를 도왔다는 생각이 들어 마음이 한결 편해지는 기분이 들었던 것은 사실이었다.

바로 이 때 노인은 굽었던 허리를 갑자기 쭉 펴면서 건장한 사람으로 변했다. 젊은이는 너무 놀란 나머지 말을 더듬으며 물었다.

"어…… 어르신, 어떻게 된 겁니까?"

그러자 노인은,

"사실 나는 아주 건강하다오. 방금 전에 젊은이가 하도 수심에 잠겨 미간을 찌푸리고 있기에 당신을 도와줘야겠다는 생각이 들어 그래서 죽어가는 시늉을 하며 당신에게 도움을 청했던 거요. 실의에 빠진 사람이 자신보다 더 불행한 처지에 있는 사람들을 도와주게 되면 조금이라도 마음의 위안을 느끼게 된다는 것을 내 경험을 통해 알기 때문이라네."

그러면서 노인은 계속하여 말했다.

"뭔지 몰라도 너무 걱정하지 말게나! 모든 것은 다 지나가게 되는 법이라네. 세상은 참으로 공정하더군. 그럼! 그렇고말고…… 허허!"

말을 마치고 난 노인은 조용히 인파 속으로 사라져 갔다.

집으로 와 누워서 노인이 한 말을 곰곰이 되새기며 생각하던 그는

자신의 처지를 비관하지 않고 씩씩하게 어려움을 헤쳐 나가자고 다짐했다. 그리고 더욱 열심히 연습했고, 틈틈이 남을 돕기까지 했다.

그러한 노력과 미담이 마침내 음악계에서 소문이 돌아 레코드를 취업해주겠다는 사람이 나타나게 되었고, 가창력 있는 그의 실력은 듣는 사람들의 심금을 울려 마침내 그를 유명 가수로 이끌어 주었다.

 지혜노트

남을 돕는다는 것은 곧 자신의 것을 내어준다는 것이고, 도움을 받는 사람이든 내어주는 사람이든 모두 그 속에서 즐거움을 얻을 수 있는 것이다. 만약 당신이 지금 좌절을 겪고 있다면, 일단 그 아픔을 내버려두고, 당신보다 도움이 더 필요한 사람들에게 도움을 나눠주도록 노력하라. 설령 그것이 아주 작은 힘이라 할지라도 말이다.

45. 어진 마음은 눈빛으로 나타난다

　미국 버지니아 주 북부의 어느 추운 겨울밤, 한 노인이 벌벌 떨면서 자신을 꽁꽁 언 강 건너편까지 태워 줄 수 있는 기수(騎手, 말잡이)를 기다리고 있었다. 차디찬 북풍 속에서 기수를 기다리고 있는 노인의 긴 수염에는 이미 얇은 고드름이 주렁주렁 달려 있었다. 그의 기다림이 끝이 보이지 않으면서 노인의 몸은 점점 감각이 무뎌지고 딱딱하게 굳어져 갔다. 바로 그 때 기수 몇 명이 노인의 앞을 지나갔다. 노인은 수심이 가득 찬 얼굴로 그들을 쳐다보았다. 그러나 첫 번째 기수가 말을 타고 지나가고 있을 때 노인은 몸을 일으켜 주의를 끌거나 선뜻 도움을 청하지 않았다. 첫 번째 말은 얼음이 얼어붙은 길 위를 힘차게 달려 점점 멀어져갔고, 고르고 빠른 말발굽 소리만 사라져 갔다.

　두 번째, 세 번째 기수의 말까지 모두 그냥 지나쳐갔다. 그러다 네 번째로 다가오는 기수가 있었다. 그때 웅크리고 앉아있는 노인이 갑자기 그를 부르더니 말문을 열었다.

　"젊은이, 미안하지만 나 좀 태우고 강 건너편에다 데려다 줄 수 있겠소? 이젠 혼자서 건너갈 수 없을 것 같아서 그러네."

기수는 그의 말을 듣자마자 말을 멈춰 세우더니 말했다.

"아 그러세요. 얼른 타세요."

그러나 몸이 얼어붙은 노인은 혼자서 일어날 힘이 없었다. 그러자 기수는 얼른 말에서 내려 노인을 부축하여 말에 태워주었다. 노인을 태운 기수는 강 건너 목적지까지 모셔다 드렸다. 따뜻한 불빛이 흘러나오는 집 앞에 도착하였을 때, 기수는 궁금증을 참지 못하겠다는 듯이 노인에게 여쭤보았다.

"어르신! 저보다 앞서 가던 기수들에게는 왜 도움을 청하지 않으셨어요? 그러면 좀 더 일찍 도착하셨을 텐데요. 왜 늦게 온 저에게 도움을 구하셨던 건지 무척 궁금해서 그럽니다. 이처럼 북풍이 몰아치는 추운 겨울밤에는 무조건 만나는 사람에게 부탁을 하세요. 잘 못하다간 큰일 나십니다. 만약 제가 거절했으면 어쩌시려고 그랬어요?"

노인은 천천히 말에서 내리더니, 기수의 눈을 똑바로 바라보며 말했다.

"나는 사람을 볼 줄 안다고 생각하네. 그 사람들의 눈만 봐도 내 처지에 별 관심이 없다는 것을 알 수 있다오. 그런 그들에게는 도움을 청해 봐도 소용이 없기 때문에 부탁을 안 했던 거요. 그러나 자네에게서는 우호적이고 동정 어린 눈빛을 보았다네. 그래서 도움을 청하면 당신의 그 어진 덕성이 나를 이 곤경에서 벗어 날 수 있게 해줄 것이라고 믿었던 거지!"

마음을 따뜻하게 녹여주는 노인의 말에 기수는 가슴이 뭉클했다.

"저를 그렇게 좋게 말씀해 주서서 정말 감사합니다."

기수는 다짐하듯이 노인께 말했다.

"앞으로도 사람들이 도움을 청해 오면, 절대로 바쁘다는 핑계로 부탁을 거절하지 않겠습니다."

이렇게 말하고 난 토머스 제퍼슨(Thomas Jefferson)은 말을 돌려 백악관으로 돌아갔다.

 지혜노트

남을 도와주는 일에는 너무 많은 핑계를 대지 말아야 한다.
남을 도와주어야 자신을 승화시킬 수 있는 것이다.

46. 하는 짓을 보면 열을 알 수 있다.

한 농민이 있었는데, 그는 농사를 아주 많이 지었다. 땅을 갈고 파종하는 일을 쉽게 하고 효율을 높이기 위해 농민은 가축 몇 마리를 길러왔다. 그런데 기른 지 오래된 가축들은 점점 늙고 힘이 빠져 일을 할 수 없게 되었다. 그리고 힘은 있지만 게으른 가축들은 말을 듣지 않아 부려먹을 수가 없었다. 그리하여 곧 다가올 농번기를 맞아 그는 튼튼하고 부지런한 당나귀를 더 구입하기로 했다.

당나귀를 사기 위해 그는 가축 시장으로 갔다. 시장에는 팔려고 내다놓은 별의별 가축들이 다 있었다. 한 장사꾼이 그의 팔을 잡아끌며 말했다.

"형씨, 제 당나귀들을 좀 보세요. 한 마리 한 마리 모두 농사일에서 좋은 일손이 될 놈들이에요. 그리고 길도 잘 들여졌어요. 특이 이 놈은……."

농민은 장사꾼이 추천한 당나귀를 보고 또 보아도 여간 마음에 들지 않았다. 그는 시원하게 값을 치르고 당나귀를 끌고 집으로 돌아왔다. 농민은 사온 당나귀를 집에서 기르던 가축들 무리에 끌고 가 말구유 앞에 자유롭게 행동할 수 있게 풀어주었다. 그러자 새로 산 당나귀는 이리저리 둘러보더니 이내 가장 게으른 당나귀 옆으로 다가가서 허물없이 친하게 지내는 것이었다. 이 장면을 본 농민은 곧바로 사온 당나귀에게 고삐를 매어 장사꾼에게 끌고 갔다.

장사꾼은 이상하게 여겨 물었다.

"이 당나귀는 제가 제일 아끼는 당나귀인데, 무슨 문제라도 있나요?"

농민이 대답했다.

"집으로 돌아가서 이 당나귀를 내가 기르던 가축 무리에 풀어주었더니, 글쎄 가장 게으른 당나귀 옆으로 가서 착 붙는 거예요. 보아하니 그와 곧 친한 친구가 되겠더라고. 그래서 이 녀석도 앞으로 먹을 것만 밝히고 일은 게을리 할 그런 놈이란 걸 알아봤죠."

"아니 어떻게 지내보지도 않고 알 수 있다는 겁니까?"

장사꾼이 이렇게 묻자,

"의심할 필요도 없어요. 하나를 보면 열을 안다고, 친구 사귀는 걸 보니 이 녀석도 어떤 놈이 되는지 곧 알 수가 있지요."

 지혜노트

"근주자적, 근묵자흑(近朱者赤, 近墨者黑)"이란 말이 있다.
오랫동안 같이 있게 되면 똑 같이 닮아 간다는 말이다.

숲 속에서 길을 잃은 지 사흘이 되었을 때, 이미 지칠 대로 지친 젊은 이는 결국 쓰러지고 말았다. 정신이 들어 보니, 그는 작은 통나무집 안에 누워있었다. 그가 한참을 이리저리 둘러보고 있는데, 용모가 추한 무녀 한 명이 집 안으로 들어오는 것이었다. 대장은 무녀를 보며 고마운 마음에 인사를 했다.

"혹시 저를 구해준 분이십니까? 구해줘서 정말 고맙습니다."

무녀는 갈라진 허스키 목소리로 말했다.

"젊은이! 젊은이가 그렇게 나에게 고마워한다면 나하고 결혼해 줄 수 있어요?"

이 말을 들은 젊은이는 얼굴이 새파랗게 질렸다. 나이도 많은데다 생긴 것마저 자기가 좋아하는 스타일과는 너무나 동떨어졌기 때문이었다. 하지만 자신의 생명을 구해준 무녀의 청을 거절할 수도 없었다. 한참을 생각하던 마음씨 착한 젊은이는 울며 겨자 먹는 식으로 결혼을 하겠다고 말했다.

결혼식을 올리던 날 축하연에서 무녀는 음식을 게걸스럽게 먹으며 가끔 듣기 거북한 소리까지 냈다. 그런 추한 모습을 보면서 사람들은 모두 뒤에서 수군거리며 비웃었다. 그러나 생명의 은혜에 보답하기 위해 젊은이는 이런 난처한 상황을 묵묵히 감당할 수밖에 없었다.

밤이 되어 두 사람은 방으로 돌아왔다. 예복을 벗고 난 후 무녀가 뭐라 중얼거리자 보고도 믿기지 않는 놀라운 상황이 벌어졌다. 무녀가 한순간에 천사 같이 아름다운 소녀로 변신해 있는 것이었다.

그녀가 젊은이를 보며 말했다.

"오늘 축하연에서 나의 추하고 방자한 모습을 보고도 당신은 모두 참아주었어요. 그래서 앞으로 나는 하루에 12시간은 소녀로 변신하기로 했어요. 그 12시간이 낮이 되던 밤이 되던 당신이 결정하세요. 그러나 결정하면 다시는 바꿀 수가 없으니 잘 생각해서 결정하세요."

젊은이는 이럴 수도 저럴 수도 없는 상황에 놓이게 되었다. 만약 낮 12시간을 선택하면, 낮에는 아름다운 소녀와 함께 돌아다니며 사람들의 부러움을 한 몸에 받을 수 있겠지만, 밤에는 용모가 추한 무녀와 함께 잠자리에 들어야 했기 때문이었다.

그런데 거꾸로 만약 밤 12시간을 선택하면, 낮에는 그녀로 인해 사람들의 손가락질을 견뎌야 할 것이기 분명했기 때문이었다. 물론 밤에는 아름다운 소녀와 행복한 꿈자리에 들어갈 수 있었지만 말이었다. 이 두 가지 선택은 모두 장단점이 있기 때문에 최선의 선택을 하지 않으면 안 되었다. 젊은이는 긴 한숨을 내쉬며 말했다.

"나는 어떤 선택을 해야 좋을지 도무지 모르겠어요. 이렇게 합시다! 어떤 모습으로 살아가든 당신이 결정해요. 나는 당신과 살면서 어떤 모습이든 개의치 않을 테니까요."

이 말을 들은 무녀는 너무나 기뻐했다. 그러면서 그녀는 상냥하게 말했다.

"저의 모든 것을 너그럽게 받아주어서 고마워요. 매일 24시간 동안 소녀로 변신하여 당신과 오래오래 행복하게 살기로 결정했어요."

 지혜노트

상대방을 완전히 지배하려는 사람은 진정한 행복을 얻지 못하는 경우가 많다. 그러나 붙잡고 있던 두 손에서 힘을 빼고 상대방에게 자유를 주면 행복이 스스로 찾아온다는 것을 알 수 있을 것이다.

48. 베푸는 대로 돌려받기 마련이다

유기견 한 마리가 우연히 사면이 거울로 장식된 방에 들어가게 되었다. 들어가는 순간 수많은 강아지들과 동시에 대면하게 된 유기견은 깜짝 놀라 이빨을 드러내고 으르렁거리며 낮고 묵직한 소리로 짖어대기까지 했다. 그러자 거울 속의 모든 강아지들도 몹시 화가 나 강아지마다 으르렁거리는 얼굴을 하고 있는 것이었다. 이 유기견은 또 한 번 깜짝 놀랐다. 유기견은 무서워서 어쩔 줄을 몰라 방 안을 빙빙 돌며 달리기 시작했다. 그렇게 체력이 다될 때까지 달리다가 결국은 죽고 말았다. 만약 이 유기견이 거울을 보며 한 번이라도 꼬리를 흔들어 보았더라면, 상황은 완전히 달라졌을 것이다. 거울 속의 모든 강아지가 똑같이 우호적인 행동으로 그에게 보답했을 것이기 때문이다.

 지혜노트

만약 지금 열악한 환경에 처해 있는 사람에게, 당신이 먼저 다가가서 진정한 선의를 표한다면 당신도 똑같은 선의로써 보답 받게 될 것이다.

49. 몸에 난 상처보다 훨씬 큰 마음의 상처

나무를 하던 나무꾼이 우연히 아기 곰 한 마리를 구해 주는 일이 일어났다. 비록 사람은 아니지만 어미 곰은 나무꾼이 고맙기 그지없었다.

어느 날 나무꾼이 산에서 길을 잃어 밤이 되자 몸을 피할 곳을 찾다가 곰이 사는 굴로 찾아가게 되었다. 어미 곰은 그에게 하룻밤 묵을 수 있도록 잠자리를 준비해 주었고 풍성한 만찬까지 대접해 주었다. 이튿날 아침 떠나기 전에 나무꾼이 어미 곰에게 말했다.

"나를 환대해주어서 정말 고마우이. 그런데 오직 한 가지 만족스럽지 않은 점이 있었는데, 바로 자네 몸에서 나는 나쁜 냄새라네."

어미 곰은 마음이 언짢고 불쾌하였지만 새끼를 구해준 은인이었기에 참고 말했다.

"그럼 그에 대한 잘못을 보상하는 의미에서 당신의 지팡이로 저의 볼기를 한 대 때려주세요."

나무꾼은 미안하기도 했지만 어미 곰이 귀한 손님에 대한 죄송함으로 간청하기도 했고, 한편으로는 밤새도록 냄새 때문에 제대로 잠을 못 이루었던 쾌씸함도 남아 있었기에 마지못해 하는 척하며 한 대 내려쳤다.

그런데 괘씸하다는 감정이 더 많이 들어서였는지 그만 너무 힘이 들어간 데다 볼기를 치는 지팡이 가운데 튀어나온 광솔 부분이 가죽을 뚫고 들어가 피가 철철 흐르는 부상을 입히게 되었다. 사냥꾼은 잘못된 자신의 행동에 사과하면서 얼른 동굴을 나왔다. 몇 년이 지난 어느 날 나무꾼은 다시 한 번 우연히 산중에서 어미 곰을 만나게 되었다. 어미 곰을 보는 순간 자신도 모르게 당시 난 상처는 어떻게 됐느냐며 물었다. 그러자 어미 곰이 말했다.

"아, 그 때 그 상처로 인해 꽤 오랫동안 아팠지만, 상처가 아물고 나니 또 금방 잊어지더라고요. 그런데 그 때 당신이 했던 말은 평생 잊혀 지지가 않네요!"

지혜노트

마음의 상처는 육체에 난 상처보다 더 아프고 심각하다. 왜냐하면 마음의 상처는 정신적인 지진과 같아서 몸과 마음 전체가 흔들릴 수 있기 때문이다. 다른 사람의 마음을 조심스럽게 보살피고 아껴 주어야 한다는 것을 잊지 말아야 한다. 그것은 곧 나 자신을 아끼고 보호하는 것과 같기 때문이다.

50. 친할수록 거리를 두어야 한다

어느 추운 겨울 한 무리의 호저(豪猪, 고슴도치처럼 가시가 난 멧돼지로 관치류이다)가 온기를 얻으려고 빼곡히 한 곳에 몰려 맞붙어 있었다. 그러나 그들의 몸에 난 가시 털은 서로를 찌르게 되어 아프기가 그지없었다. 그리하여 그들은 다시 뿔뿔이 흩어지고 말았는데, 얼마 지나지 않아 견딜 수 없는 추위가 다시 몰아치자 그들은 다시 한 곳으로 모이게 되었다. 그러나 같은 일이 또 발생했다. 그렇게 여러 차례 모임과 흩어짐을 반복하면서 그들은 일정한 거리를 유지하는 것이 가장 좋은 방법이라는 사실을 깨닫게 되었다.

이후 이러한 방법을 체득한 그들은 무리를 지어 살아야 할 필요성을 알게 되어 함께 생활하게 되었다. 하지만 아무리 조심해도 상대방을 불쾌하게 하는 그들의 타고난 가시 털은 항상 트러블을 일으키는 무기가 되어 나중에는 서로를 증오하기에 이르렀다.

하지만 서로를 증오하면 할수록 그들은 함께 살지 않으면 더 자신에게 불리하다는 자연의 이치 앞에 결국 굴복하고 말았다. 그 대신 서로에게 안전할 수 있는 거리를 두어야 한다는 원리를 알게 되었고, 그것은 자신들이 살아가는데 있어서 중요한 예의라는 것을 터득하게 되었다. 그리하여 그들은 회의를 열고 이 예의를 위반한 자는 엄한 심판을 받을 것이라고 경고하였다.

간단하게 말해서 일정한 거리를 유지하라는 것이었다. 이러한 방법으로 호저는 서로의 체온을 통해 온기를 얻을 수 있었으면서도 서로 찔리지 않고 모여 살 수 있게 되었다.

거리를 둔다는 것은 일종의 보호이다. 사람과 사람 사이에는 함께 살아가기 위해 일정한 거리와 공간이 필요하다. 영원한 우정을 간직하려면, "친한 친구 사이에도 일정한 거리를 유지해야 한다"는 지극히 간단한 도리를 잊지 말아야 한다.

51. 은혜를 받았으면 항상 염두에 두고 갚는 것이 도리이다

한 농부가 사냥꾼의 그물에 걸린 독수리 한 마리를 발견했다. 날개에 상처를 입은 독수리는 그물에 걸린 채 슬프게 울고 있었다. 마음씨 착한 농부는 독수리를 가엾게 여겨 사냥꾼에게 말했다.

"형씨, 이 독수리를 저에게 파세요. 저는 이 독수리가 너무 맘에 드네요."

사냥꾼은 농부의 부탁을 흔쾌히 들어주었다. 농부는 독수리를 데리고 집으로 돌아가서 날개의 상처를 깨끗이 씻고 잘 묶어주었다. 그리고 독수리에게 먹이도 먹였다. 농부의 정성스러운 보살핌으로 독수리의 상처는 하루가 다르게 호전되어 갔다.

어느 날 농부가 농사일을 마치고 밭에서 돌아왔을 때, 독수리는 이미 어디론가 날아가 버리고 집에 없었다. 농부는 후회스럽기도 하고 아무 표시도 하지 않고 없어진 독수리가 야속해서 혼자서 투덜거렸다.

"정말 양심이 없어서 동물이라는 말을 듣는 거겠지. 자기 목숨을 구해줬는데 고맙다는 말 한마디도 없이 날아가 버리다니 말이야! 앞으로는 절대로 마음 주는 일은 하지 않을 거야."

어느 겨울날 농부는 담벼락에 기대어 햇볕을 쪼이고 있었다. 그런데 그가 기댄 담벼락이 곧 무너질 것이라는 걸 농부는 전혀 감지하지 못하고 있었다. 그는 겨울 햇볕에 나른해진 몸을 담벼락에 기대어 잠에 빠져 들어갔다. 그때 하늘에서 독수리 한 마리가 갑자기 날아와 농부가 쓰고 있던 모자를 낚아채 가는 것이었다. 벌떡 일어나 쫓아가던 농부는 그의 모자를 낚아채간 것이 다름 아닌 자기가 목숨을 구해주었던 독수리임을 알게 되었다. 농부는 몹시 화가 나서 쫓아가며 욕을 퍼부어댔다.

"이 염병할 놈의 독수리야! 전에 목숨까지 구해줬는데 보답은 하지 못할망정 이제야 나타나 내 모자까지 빼앗아 가냐?'

농부의 말이 채 끝나기도 전에 갑자기 뒤에서 '콰르릉'하는 소리가 들려왔다. 돌아보니 그가 기대고 앉아있던 그 담벼락이 완전히 무너져 버렸던 것이다. 깜짝 놀라 눈이 휘둥그레져 무너진 담벼락 잔해를 보고 있던 농부 앞으로 그의 모자가 떨어져 내렸다.

어진 마음씨를 가지고, 착한 일을 많이 한 사람에게는 반드시 복이 따른다. 다른 사람에게 은혜 받았으면 항상 마음속에 새겨 두고, 때가 되면 그에 상응하는 보답을 해야 한다.

52. 공동 소유라 해도 결국은 자기 것이다

한 목사가 새로운 교구로 임명 받아 오게 되었다. 그는 전에 있던 목사가 가꿔 놓은 수백 그루의 튤립을 발견했다. 그런데 근처의 학교에 다니는 아이들이 이 화단을 지날 때마다 한 송이씩 꺾어가는 것이었다. 그리하여 매일 아침 아이들의 등교시간에 맞춰 목사는 화단 앞에 서 있으면서 지켰다. 그러자 그 앞을 지나가던 아이가 눈치를 보며 그에게 물었다.

"한 송이 꺾어가도 되나요?"

"어느 송이를 갖고 싶으니?"

목사가 이렇게 물어보자 그 아이는 가장 아름답게 핀 한 송이 튤립을 콕 집었다. 그러자 목사가 말했다.

"이 한 송이 튤립은 지금부터 너의 것이다. 만약 여기에 계속 두면 이 튤립은 아주 오랫동안 지지 않고 피어 있을 수 있단다. 그러나 지금 꺾으면 몇 시간밖에 살 수 없을 텐데, 넌 이 튤립을 어떻게 하는 게 좋겠니?"

아이는 한참을 생각하더니 말했다.

"제 생각에는 이 튤립을 여기에 두는 게 더 좋을 것 같아요. 그러면 나중에 와도 또 볼 수 있을 테니까요."

그날 오후 열 명도 넘는 아이들이 화단으로 모여와 각자 자신의 꽃을 선택했다. 그리고 모든 아이들은 꽃이 너무 일찍 시들어 떨어지는 것이 싫다면서 화단에 그대로 남겨두기로 했다.

그해 봄 목사는 화단에 있는 꽃을 아이들에게 몽땅 나누어 주었다. 그러나 단 한 송이도 꺾이거나 망가지지 않고, 오히려 아이들이 정성들여 잘 가꾸게 됐고, 그러는 중에 많은 어린 친구들도 사귀게 되었다.

 지혜노트

공동 소유라는 것은 모든 사람에게 자기 것처럼 여기게 하는 힘을 주지만, 개인 소유는 자기 것에만 집중하게 되어 다른 더 좋은 것을 못 볼 수 있게 된다. 사람들과 공유하는 것은 함께 살아가는 사회공동체에서 모든 사람들이 배워야 하는 소중한 덕성인 것이다.

53. 사랑의 의미

사랑의 신 큐피트가 사랑의 여신 아프로디테에게 물었다.
"LOVE의 의미는 무엇인가요?"

사랑의 여신 아프로디테가 말했다:

" 'L'은 LISTEN(귀를 기울여 들어주는 것)을 의미하는데, 사랑은 조건과 편견이 없이 상대방이 원하는 것을 귀 기울여 들어주고, 힘을 보태어 도와주는 것이지요.

'O'는 OBLIGATE(고맙게 여기는 것)를 말하는데, 사랑은 부단히 고맙게 생각하고 안부를 물어야 하는 것이고, 더욱 많은 사랑을 바쳐 가꿔야 한다는 의미지요.

'V'는 VALUED(존중하는 것)인데, 사랑은 상대방에 대한 존중을 나타내고, 자상함과 진실함을 표현하는 것이고, 그것에 대한 격려이고 달콤한 찬양이지요.

'E'는 EXCUSE(너그러이 용서하는 것)를 말하지요."

이처럼 사랑(LOVE)이란 자애로운 마음으로 상대방의 부족함과 잘못을 대하고 너그러이 용서해주며, 단점과 장점을 지켜주는 것이다.

 지혜노트

주먹을 꼭 쥐고 있을 때 우리는 많은 것을 잡았다고 느끼지만, 사실 공기조차 잡지 못하고 있는 것이다. 반대로 두 팔을 활짝 벌리면 순간적으로 두 손이 텅 빈 것처럼 느껴지지만, 사실은 온 세상이 우리의 품 안에 들어온 것이나 다름없다는 것을 알아야 한다.

54. 사랑은 강요하는 게 아니라 더 많은 자유를 주는 것이다.

임금이 하녀를 사랑하게 되었다. 임금은 어떤 대가를 치르더라도, 그녀를 노예의 신분에서 벗어나게 하고 싶었다. 그리하여 임금은 성대한 결혼식을 올려, 모든 사람들이 보는 앞에서 그녀를 한 나라의 왕후로 또 자신이 평생 사랑하게 될 아내로 맞아들이기로 했다.

결혼식을 며칠 앞두고 그녀는 갑자기 중병을 앓게 되었고, 날이 갈수록 병세는 악화되었다. 임금은 의술이 가장 뛰어난 의사를 찾아와 병을 보게 하였지만, 어떤 방법으로 치료하든 어떤 신기한 약재를 쓰든 그녀의 병은 호전되는 기미가 전혀 보이지 않았다.

그리하여 임금은 아래와 같은 어명을 내렸다.

"누구든지 그녀의 병을 고칠 수 있다면, 그 사람에게 넓은 영토를 하사하고, 제후로 봉하겠노라!"

그러자 어떤 한 의사가 찾아왔다. 의사는 그녀와 한나절 동안이나 이야기를 나눈 후, 국왕에게 아뢰었다.

"폐하, 그녀가 무슨 병에 걸렸는지 소인은 압니다. 어떤 약으로 치료할 수 있는지도 압니다. 다만……."

임금은 몹시 긴장하여 초조해 하며 약간은 강압조로 물었다.

"다만 무엇인가? 얼른 말하지 못하겠나?"

그러자 의사가 우물쭈물하며 숨넘어가는 소리로 간신히 말했다.

"저저…… 이 약은 아주 쓰옵니다. 이 약을 먹게 되면 그녀만 힘든 것이 아니라, 폐하까지 같이 힘들어지게 됩니다."

"그 어떤 고통이라도 달갑게 받겠네. 그녀의 병만 고칠 수 있다면, 무엇이든 할 생각이네."

임금은 추호의 머뭇거림도 없이 바로 대답했다.

의사는 한참을 망설이다가 끝내 말을 꺼냈다.

"아뢰옵기 송구하오나, 그녀는 폐하의 한 하인을 사랑해 왔는데 폐하와 결혼하게 되면 그와 헤어져야하기 때문에 병이 난 것입니다. 그녀가 걸린 병은 바로 세상에 약이 없는 상사병이옵니다."

임금은 내심 무척 놀랐으면서도 짐짓 괜찮다는 표정을 지었지만 그야말로 진퇴양난의 상황에 처하게 되었다. 그녀를 떠나보내자니 너무 사랑하기 때문에 그럴 수가 없었고, 그녀가 죽지 않기를 바라자니 그녀를 포기 해야만 했기 때문이었다.

지혜노트

사랑은 강요할 수 없는 것이다. 사랑하는 사람을 집에 가두고 자유를 빼앗는 것이 아니라 그에게 더 넓은 공간을 주어 더욱 자유롭게 해주는 것이 사랑이기 때문이다.

55. 생명체의 존엄과 인격은 평등하다

거리를 걸어가고 있는데, 나이가 들어 비실비실하는 거지가 나의 길을 막았다. 빨갛게 부어오르고 눈물범벅이 된 두 눈, 검푸른 입술, 남루한 옷차림, 더러운 상처자국 …… 가난으로 인해 이 거지의 모습은 인간의 존엄성마저 상실된 듯했다.

그는 온통 빨갛게 붓고, 지저분한 손을 나를 향해 내밀며 도움을 청했다. 나는 주머니 여기저기를 샅샅이 뒤졌지만 돈지갑도 없었고, 회중시계도 없었으며, 손수건 한 장도 없었다. 옷을 갈아입고 급한 일로 엉겹결에 나온 나는 지닌 것이 아무 것도 없었던 것이다. 그러나 거지는 주머니를 여기저기 뒤지는 나를 보면서 기대에 찬 눈빛으로 뭔가 주겠지 하는 기대감으로 충만해 있어 보였다. 흥분이 돼서 그러는지 나를 향해 내민 손은 약간 떨기까지 했다.

궁지에 빠진 나는 급하고 미안한 나머지 두 손으로 그 지저분하고 떨리는 손을 꼭 잡으며 말했다.

"저를 너무 탓하지 말아주세요, 형씨. 제가 급히 나오느라 지금 몸에 아무것도 지닌 것이 없어 드릴만한 것이 없네요. 정말 미안해요."

빨갛게 부은 두 눈으로 나를 지그시 바라보던 거지의 검푸른 입술 사이로 옅은 미소가 흘러나왔다. 그도 마찬가지로 나의 차디찬 손가락을 꼭 잡으며 힘없이 중얼거렸다.

"괜찮아요, 젊은이! 그렇게 말해주는 것만으로도 충분히 고마워요. 당신은 이미 저에게 많은 도움을 베풀어 주었어요."

그런 나도 어느새 그와 마찬가지로 그의 도움을 받았다는 것을 느끼고 있었다.

 지혜노트

사람과 사람에게는 차이점이 존재하지만, 생명체의 존엄과 인격은 모두 평등한 것이다. 거지는 비록 금전적인 도움을 받지는 못했지만, 진정성 있는 동정과 우애의 마음을 느낄 수 있었고, 자신도 존중과 이해를 받을 수 있다는 것을 느꼈던 것이다.

56. 먼저 베푸는 것만큼 좋은 행복수단은 없다

남쪽에서 온 거지와 북쪽에서 온 거지 둘이서 우연히 길에서 만나게 되었다. 남쪽에서 온 거지가 여간 놀라지 않으며 말했다.

"당신 나와 아주 닮았군 그래! 당신의 표정, 옷차림, 행동거지, 심지어 그 그릇까지도 나의 것과 똑같으니 말이요."

북쪽에서 온 거지도 흥분을 금치 못하며 고래고래 소리를 지르며 말했다.

"나는 먼 옛날 어디선가 당신과 만난 적이 있는 것 같은 생각이 드네요."

두 사람은 모두 운명적인 이끌림을 느껴 점점 가까워지게 되었다. 그리하여 그들은 지금까지처럼 먼 곳을 떠돌며 구걸하지 않고, 서로에게 기대며 함께 살아가기로 했다.

남쪽의 거지가 물었다.

"우리는 함께 있기로 했으니 이제는 터놓고 지내야 하지 않겠소? 먼저 당신은 그릇을 들고 무엇을 구걸하고 싶은지가 알고 싶네요?"

북쪽의 거지가 대답했다.

"정말 몰라서 물어요? 당연히 당신의 친절함을 구걸하고 싶죠."

북쪽의 거지가 계속 말했다.

"당신 그릇 안에 가득 차 있는 사랑으로 나의 빈 그릇을 채워 주세요. 내가 당신의 더없는 친절함을 느끼도록 하게요."

그러자 남쪽의 거지가 대답했다.

"내가 들고 있는 것도 빈 그릇이에요, 당신은 보이지 않나요? 나도 당신의 그릇에 담겨 있는 친절함을 나의 빈 그릇에 채워주기를 바라요."

하지만 그들은 서로의 빈 그릇만 보았지, 그 안에 담겨 있을 친절함은 볼 수가 없었다. 그러자 북쪽의 거지가,

"그런데 나의 그릇이 이렇게 텅 비어 있어 어떻게 당신에게 줄 수 있을지를 모르겠네요?"

하며 의심이 가득한 눈빛으로 바라보며 말했다.

그러자 남쪽의 거지도 말했다.

"그럼 나의 그릇에는 뭐가 가득 차 있나요?"

하며 서로 상대방이 먼저 자신에게 무엇인가 주기만을 원했다. 그러나 결국 어느 한쪽도 다른 한쪽의 것을 아무 것도 얻지 못했다.

그들은 이런 무의미한 싸움을 하면서 며칠을 지내느라 점점 지쳐갔다. 결국 며칠 후 그들은 동시에 한숨을 내쉬며, 원래 가던 각자의 길로 돌아가 사람들에게 구걸하며 살아가기로 했다.

 지혜노트

만약 상대방에게 어떤 좋은 점을 얻으려고만 한다면, 결국 서로는 아무것도 얻지 못하게 될 것이다. 무엇이든 상대방에게 줄 것을 생각해야지 받을 것만 생각한다면 그것은 결국 서로를 갈라서게 할 것이다. 따라서 무조건 남에게 베푸는 것만큼 최고의 행복수단은 없는 것이다.

57. 남을 미워하는 것은 자신의 곤란함을 부르는 것이다

일요일이 되면 한 중년 남자가 예배를 드리러 교회로 나가곤 했다. 그는 늘 첫 번째 줄에 앉아 예배를 드렸으나 얼마가 지나면 꾸벅꾸벅 졸곤 했다.

이런 상황이 거듭되자 목사는 기분이 매우 언짢았다. 그리하여 목사는 사람들 앞에서 그 남자를 골려주어야겠다고 생각했다. 설교를 하던 도중에 목사가 갑자기 신도들에게 물었다.

"지금 이 자리에 계신 여러분들 중에 죽어서 천당으로 가고 싶은 사람 있습니까? 천당으로 가고 싶은 분들은 자리에서 일어나 주세요. 이런 결심을 가지고 계시는 분이 몇 분이나 되는지 제게 보여주십시오."

목사의 말이 끝나자 모든 사람들은 거의 동시에 자리에서 일어났다. 그 중년 남성만 여전히 의자에 앉은 채 일어나지 않고 깊은 잠에 빠져 있었다. 목사는 다시 사람들을 자리에 앉으라고 하고, 설교를 계속했다.

얼마 후 목사는 일부러 중년 남자 쪽을 향해 큰소리로 "지옥으로 가고 싶은 분, 자리에서 일어나 주세요"라고 말했다.

갑작스런 큰소리에 깜짝 놀라 잠에서 깬 중년 남자는 얼떨결에 자리에서 벌떡 일어났다. 그러자 예배당 전체가 떠나갈 듯한 웃음소리가 들려왔다. 졸던 남자는 무슨 상황인지 몰라 망연한 표정으로 좌우를 둘러보다가, 다른 사람들은 모두 앉아 있는데 자신만 서 있는 것을 알게 되었다. 그는 이상하다는 생각이 들어 목사에게 물었다.

"목사님이 무엇을 물었는지 모르겠지만, 왜 저와 목사님만 서 있는 거지요?"

자신도 지옥에 가고 싶다고 한 사람 중에 끼게 된 목사는 난처한 기색이 역력한 채 어떻게 대답을 해야 할지 몰라 그냥 우두커니 서 있어야 했다.

 지혜노트

남을 희롱하면 사람과 사람 사이에는 높은 벽이 생기게 되고, 유머러스하고 가벼운 대화는 인간관계의 복잡한 벽을 허물 수가 있다. 사람과 사람은 서로를 아껴주어야 한다. 남에게 너그러이 한 걸음 물러서서 양보하면, 훗날 자신이 가는 길도 보다 넓어질 것이다.

58. 곤경에 처하게 되면 남에게
의지하고 싶어 진다

　의약학원 신경병리학과의 츠워쓰탄 교수는 서로 모르는 여러 명의 여학생들을 자신의 실험실로 불렀다. 실험실 내에는 학생들을 불안하게 하는 전자계량 설비들이 많이 널려져 있었다. 츠워쓰탄 박사는 안경을 쓰고 있었고 표정이 엄숙했다. 목에다 청진기를 건 츠워쓰탄 박사는 학생들을 보며 말했다.

　"오늘 여러분을 여기로 부른 것은 여러분들에게 전기충격 실험을 체험할 수 있게 하기 위한 것입니다."

　그리고는 이번 실험 내용에 대해 소개하기 시작했다.

　"실험은 아주 간단합니다. 이 자리에 있는 여러분이 한 사람씩 순서대로 전기충격을 받는 것입니다. 여러분은 이 실험을 통해 고통을 느끼게 될 것이며, 그 고통은 또한 상당할 것입니다. 하지만 인류의 이익을 위해 이런 전기충격 실험은 아주 필요한 것입니다. 지금부터 제가 여러분에게 실험 절차에 대해 설명해 드리겠습니다. 전기 양극을 여러분의 손에 고정시키고, 여러분과 이 설비를(츠워쓰탄 교수는 손으로 전기설비

하나를 가리켰다) 연결시키고 나서 각각 전류를 보낼 겁니다. 그리고 전기충격을 받고 있는 상태에서 여러분의 맥박, 혈압 등의 데이터를 측정할 것입니다. 제가 강조하고 싶은 것은, 전기충격을 감당하는 것은 상당히 고통스러운 일이지만, 여러분에게 그 어떤 후유증도 남지 않을 거라는 사실입니다."

실험에 대한 설명을 마치고 츠위쓰탄 박사는 학생들을 보며 말했다.

"지금 설비가 아직 채 설치되지 않은 상황이라, 여러분께서 10분 정도 기다려 주기 바랍니다. 그동안 여러분은 혼자 기다려도 좋고, 다른 분과 같이 기다려도 됩니다."

학생들은 머지않아 감당하게 될 전기충격을 생각하니, 긴장감이 밀려오기 시작했다.

안절부절못하는 학생들의 반응을 지켜보고 있던 츠위쓰탄 박사는 한 장의 설문조사표를 꺼내 학생들에게 작성하도록 주었다.

지금 이 실험실에서 혼자 기다리고 싶은지 아니면 누군가와 함께 기다리고 싶은지, 이 두 가지 선택 항목 중에서 하나를 골라 조사표에 표시를 하라는 것이었다.

조사결과는 다음과 같았다. 극도로 긴장된 상태에서 대부분의 사람들은 다른 사람과 함께 있기를 바란다는 것이었다. 즉 다른 사람과 손을 맞잡음으로써 힘과 용기를 얻을 수 있다는 말도 되었다.

여기에서 알아야 할 한 가지 사실은, 츠워쓰탄 박사가 전기충격의 고통에 대해 설명하기 전, 66%의 학생들은 혼자 기다리는 것을 선택했다는 것이다.

 지혜노트

인간은 피와 살이 있는 사회적 동물이기에 사회와 집체를 떠나서는 살 수가 없다.
개인은 작고 힘이 없으므로 특히 곤경에 처해 있을 때면 더욱 그렇다.

59. 사회적으로 고립되면 인간성, 나아가 생명도 잃게 된다

　1951년 한 연구팀은 여러 명의 대학생들을 실험 대상으로 모집하여 실험을 하기로 했다. 실험에 참가하는 대가로 연구팀은 대학생들에게 1인당 매일 20달러의 보수를 지불하기로 했다.

　대학생들은 하나의 좁고 밝은 방에서 물체의 윤곽조차 잘 보이지 않는 두터운 유리 안경을 쓰고 편안한 자세로 침대에 누워 있었다.

　촉감을 통한 외부인지를 제한하기 위하여 실험자들은 실험참가자들에게 팔부터 손가락까지 두터운 면장갑을 끼도록 하였고, 손가락 끝에 두꺼운 종이로 만들어진 작은 커버를 씌웠다. 통풍시설의 윙윙거리는 소리 외에 실험대상자들은 아무런 소리도 들을 수 없었다(식사와 화장실 출입은 예외).

　실험자들은 대학생들에게 아무런 임무도 주지 않고, 그저 3~4일간 방안에 있을 것을 요구하였으며, 실험을 계속하기 싫은 경우에는 언제든지 실험을 중단하여도 된다고 약속했다. 여기서 당신은 대학생들이 과연 이 실험에 참가하는 것을 원할지, 대학생들이 방안에서 얼마나 버틸 수 있을지, 대학생들이 실험기간 동안 무엇을 하며 시간을 보낼지 등이 무척 궁금할 것이다. 그러나 1951년 당시 대학생들에게 있어서 20달러는 적지 않은 금액의 보수였음에도 불구하고, 참가자 중 한 명도 2일 이상을 버티지 못하고 모두 실험을 포기했다. 갓 실험을 시작하였을 때 잠이 들었다가 깨어난 실험대상자들은 정서가 안정적이지 않고 쉽게 흥분하거나 정신을 집중할 수 없는 등의 현상들이 일어났다.

그러더니 얼마 지나지 않자, 그들에게서는 환각이 나타나기 시작했고, 현실적으로 사물을 관찰할 수 없게 되었다.

그들은 차츰 작은 점 모양의 노란색 빛을 보기 시작했다. 뿐만 아니라, 검은 모자를 쓰고 있는 젊은 청년이 보인다고 하거나, 다람쥐가 주머니를 메고 자신의 어깨 위에 혹은 안경 위에 있는 것 같다고도 했다. 처음 이런 환각이 나타났을 때, 실험 참가자들은 꽤 흥미로워하는 반응이었다.

이런 신기한 현상을 일종의 얘깃거리로 생각하였던 것이다.

하지만 시간이 흐름에 따라 이런 환각들이 반복적으로 나타나자, 참가자들은 점점 불편해하고 당황해하기 시작했다.

대부분의 실험 참가자들은 이런 현상에 대해 시끄러운 소리나 단조롭고 무미건조한 음악을 듣는 것보다 참기 힘들다고 말했다.

그 외에 거래소 가격변동 표를 낭독하거나, 기차표 한 장 혹은 전화 번호를 읽거나 아니면 기계적인 운동이라도 하기를 절실하게 원하는 일부 실험 참가자들도 있었다.

지혜노트

사회로부터 고립되는 것은 아주 무서운 일이다. 사람은 기계가 아니라 살아 있는 사회적인 동물이다. 따라서 사회로부터의 고립은 사람으로 하여금 인간성을 상실케 하거나 결국에는 생명을 위협받기까지도 한다.

60. 상대방에게 진실을 보여주어야,
상대방도 진실을 보여준다

미국 북부에 있는 아이오와대학교(The University of Iowa)에서 '시각 세계'라는 예술교육 과목을 개설했다. 이 과목 중에 '레몬 실험'이라는 연습이 있었다. 월요일 수업을 시작할 때, 20명의 학생은 미리 준비해 놓은 종이봉투 안에서 레몬 한 알씩을 꺼내 가졌다. 그 시간부터 학생들은 레몬과 잠시도 떨어지지 않고, 밤낮으로 레몬을 소지하고 있으면서, 보고, 만지고, 냄새를 맡아야 했다. 수요일이 되었을 때, 선생님은 사전 통지도 없이 학생들에게 자신이 가지고 있던 레몬을 모두 다시 종이봉투에 넣으라고 했다.

그리고 다시 학생들을 보고 종이봉투에서 자신이 가지고 있던 그 레몬을 찾아내라고 했다. 레몬에 아무런 표시도 해놓지 않았지만, 모든 학생은 한 치의 망설임도 없이 쉽게 자신의 레몬을 찾아냈다. 20개의 레몬 중 자신이 가지고 있던 레몬을 모두 가져갔을 때 교실 안은 갑자기 조용해졌다. 한참 후 한 학생이 말했다.

"저는 많은 사람을 알고 지내지만, 이 레몬처럼 자세하게 알고 있는 사람은 단 한 사람도 없습니다."

 지혜노트

오래 지내봐야 사람의 마음을 알 수 있다. 진정으로 한 사람에 대해 알려면, 자주 만나고 오래 지내봐야 한다. 그래서 교분이 옅은 사람에게는 속마음을 털어놓기가 어려운 것이다. 자신의 진심 어린 사랑과 우정을 베풀어야만, 비로소 진정한 사랑과 우정을 얻을 수 있는 것도 그런 이치 때문이다.

61. 아이들에게 투자하는 것만큼 노후의 기쁨은 없다

마이크(Mike)는 세 살 때, 모래놀이 통을 가지고 싶었다. 그러나 아버지는 "잔디밭을 다 망가뜨리려고 그러니? 애들이 밤낮으로 찾아와 모래를 이러 저리 뿌리고 다니면 싱싱하던 풀들이 다 시들어 버리고 말텐데……"라고 하면서 사주시지를 않았다.

마이크는 다섯 살 때 나무 꼭대기까지 오를 수 있게 도와주는 막대를 사달라고 했다. 그러자 아버지는 "그럼 큰일 나서 안 돼! 위험한 놀이를 해서는 안 된다. 그리고 뜰에 놀이기구를 설치한 집들을 보니, 잔디밭이 전부 엉망진창이 되었더구나. 애들이 신발을 신고 마구 밟아대면, 풀이 못 쓰게 되는 건 뻔한 일이지 않니?"라며 반대했다.

그때 옆에서 듣던 마이크의 어머니가 말했다.

"풀은 다시 자랄 수 있으니 괜찮지 않아요?"

열두 살 된 마이크는 친구들과 함께 뜰에서 캠핑하려고 집으로 친구들을 초대했다. 마이크가 말뚝을 박고 텐트를 치려 하자 그것을 보고 있던 아버지가 말했다.

"텐트를 치면 잔디밭이 망가진다는 것을 모르니?"

그러면서,

"내가 이런 말 하면 '풀은 다시 자랄 수 있어요!' 뭐 이런 말로 대꾸하려고 할 생각이지? 내가 다 아는 이야기니까 그런 말일랑은 아예 꺼낼 생각도 말거라!"

마이크가 어느 덧 20살이 되었다. 앞뜰의 잔디밭은 깨끗하고 정연하게 정리되었고, 푸르고 싱싱한 풀들은 빽빽하게 곱게 자라고 있었다. 차도 양쪽에서 신발을 신고 잔디를 마구 밟는 아이들도 없었고, 화단 주위에서 숟가락으로 흙을 파내는 아이들도 없었다.

그러나 마이크의 아버지는 이제 이런 것이 중요하지 않았다. 그저 뜰 밖을 초조하게 내다보며 아들 마이크가 언제나 돌아올까만을 기다리고 있을 뿐이었다.

지혜노트

아이의 어린 시절은 한 번 뿐이고, 아이와 가장 가깝게 지낼 수 있는 시간도 불과 그 몇 년밖에 안 된다. 아이가 어렸을 때 충분하게 즐거움을 만들어 주는 것이 아이에 대해서는 가장 큰 사랑이다. 아이의 어린 시절에 조금 더 투자한다면 그것에 대한 보답은 용솟는 샘물과 같아 더없는 기쁨을 느끼게 될 것이다.

62. 삶과 죽음의 차이

지역마다 아주 독특한 풍습 하나는 있게 마련이다.

어떤 지역에서는 사람이 죽으면 관에 안치된 시신에게 화려한 옷을 입히고 주머니에 많은 은전을 넣어준다. 그것만이 아니라 머리에 모자를 씌워주고, 목에는 금목걸이까지 걸어준다. 그런 다음 두 친구를 죽은 사람의 양옆에 세우는데, 갑은 상주를 대신하는 대표이고, 을은 죽은 사람을 대표하며 주고받는 대화를 한다.

갑이 을에게 묻는다.

"당신은 태어날 때, 은전을 지닌 채 이 세상에 왔나요?"

"아니요"

라고 을이 대답하고는 죽은 사람의 주머니에 있던 은전을 꺼낸다.

갑이 또 묻는다.

"이 세상에 올 때 금 장신구를 하고 있었나요?"

"아니요."

을이 아니라고 대답하며 이번에는 죽은 사람의 목에 걸었던 금목걸이를 푼다. 갑이 계속해서 묻는다.

"이 세상에 올 때 모자를 쓰고 있었나요?"

그러자 또한 "아니요."

라고 대답한다. 갑이 또 물었다.

"옷을 입고 오셨나요?"

을은 다시 "아니요."

라고 대답하면서 모자도 벗기고, 옷도 벗긴 후, 시신을 다시 관에 넣었다.

이 지역에서는 사람이 죽을 때 아무것도 가지고 갈 수 없지만, 죽음을 애도하기 위해서인지 입관할 때 시신에게 온갖 치장을 다 시킨 후 입관을 한다. 그리고는 죽은 자의 친구들을 동원해 다시 그 치장한 것을 회수하는 우스꽝스런 장면을 연출한다. 이는 그 지역의 장례 풍습이었다.

 지혜노트

인간은 살아 있는 동안 가족과 친구들의 관심과 사랑, 삶의 아름다움과 선량함, 하늘이 내려준 은혜에 대해서는 영원히 간직할 수 있지만, 일단 죽음 이후에는 아무런 소용이 없다는 것을 일러주는 이야기이다.

63. 냉정한 마음은 죽음을 기다리는 마음이다.

옛날 옛적에 성격이 냉정하고 무정한 왕이 있었다. 그가 사는 나라의 모든 곳은 온통 흰 눈으로 덮여 있었고, 향긋한 꽃과 파란 풀은 전혀 찾아볼 수가 없었다. 그는 자기의 나라에 봄이 오기를 간절하게 바랐지만, 봄은 한 번도 이 나라에 오려고 하지 않았다.

이 때 오랫동안 방랑하던 한 소녀가 궁궐의 문 앞에서 멈춰 섰다. 오랜 방랑으로 배고프고 지친 소녀는 조금의 음식과 잘 수 있는 곳을 빌려달라고 왕에게 간곡하게 부탁했다. 그러나 누군가를 도와주려는 마음이 전혀 없는 왕은 하인을 시켜 소녀를 무정하게 쫓아버렸다.

가엾은 소녀는 휘몰아치는 눈보라 속을 뚫고 숲속으로 들어갔다. 숲속에서 소녀는 마음씨 착하고 정이 많은 농부를 만났다. 농부는 재빨리 소녀를 부축하여 집 안으로 들어갔다. 그녀를 따뜻한 난로 옆에다 눕히고 담요를 덮어주고 나서, 농부는 조금 남은 밀가루로 소녀를 위해 빵을 굽고 뜨거운 스프를 만들었다. 다 만든 빵과 스프를 들고 소녀 옆으로 와보니 소녀는 이미 숨을 거둔 채 누워 있었다.

농부는 소녀에게 따뜻한 담요까지 덮어주면서 들판에 고이 묻었다.

묻을 때 소녀를 주기 위해 만들었던 빵과 스프도 같이 넣어주었다.

농부가 이튿날 아침에 일어나 소녀의 무덤을 보살피기 위해서 갔을 때 기적 같은 일을 볼 수 있었다. 주위의 다른 곳은 온통 눈으로 덮여 있었지만, 소녀의 무덤 위에만 오색찬란한 작은 꽃들이 가득 피어 있었던 것이다. 바로 이 곳에 봄이 왔음을 알려주는 신호였다. 농부는 신이 나서 "봄이 왔네요, 봄이!"하며 소리쳤다.

어제 죽은 소녀가 바로 봄이었던 것이다. 소녀는 자신을 정답게 맞아주고, 정성스럽게 보살펴준 농부의 착한 마음씨 덕분에 들판에서 편히 잠들 수 있었기에 고마운 농부에게 아름다운 봄을 선사해 주었던 것이다.

지혜노트

사랑하는 마음으로 자신의 정성을 다해 베풀 줄 안다면, 그것이 늦든 빠르든 언젠가는 반드시 보람찬 수확을 얻게 된다. 냉정하고 무정한 마음을 가지고 있다면 죽음만이 기다릴 뿐이다.

게뤼사크(Gay-Lussac)는 영국의 유명한 화학자이다.

어느 날 그가 한 가게에서 셔츠를 사다가 바닥에 떨어진 종이 한 장을 발견했다. 주워서 보니 자신의 화학방정식이었다. 그는 그것을 주워 그대로 옷 주머니에 집어넣었다. 그러한 그의 행동을 본 가게 장부를 관리하는 아가씨가 크게 웃었다.

그래서 그가 물었다.

"아가씨, 왜 웃지요?"

아가씨가 말했다.

"그거 제가 버린 종인데 어디에 쓰시려고 주우세요!"

게뤼사크는 그 종이를 꺼내 자세하게 확인해 보았지만, 자신의 필체가 틀림없었다.

"이 종이에 쓰여 진 글자의 필체가 내 것 같아서 혹시 내가 떨어 뜨린건 아닌가 해서 주운 건데요."

아가씨는 탁자에서 화학 서적을 꺼내 그 종이에 적힌 것이 자신이 풀이한 연습 문제임을 증명해 보였다. 게뤼사크가 하나하나 꼼꼼하게 대조해 보았더니, 놀랍게도 두 사람의 글씨체는 한 사람이 쓴 것처럼 닮아 있었다. 그는 그 종이에 자기 필체로 몇 줄 따라 적어 보였다. 아가씨도 그의 필체를 보고는 신기해하며 속으로 감탄을 금치 못했다.

그 일을 계기로 그들 두 사람은 우정을 맺게 되었고, 결국 생각과 뜻이 맞았던 두 사람은 부부가 되었다.

인연은 사랑의 길잡이가 된다. 일단 인연이 확인되면 가장 큰 기적을 낳게 된다.

65. 자기 욕심을 위한 베풂은 재앙을 불러온다

생물학자들의 말에 의하면, 번데기일 때 나방의 날개는 위축되어 있는 상태라고 한다. 그리고 누에나방이 번데기에서 고치를 뚫고 나오려면, 오랜 시간 무던히 애를 써야 하는데, 그 과정에서 몸속에 있는 체액이 날개로 흘러들어가야 비로소 하늘로 날아오를 수 있는 힘이 생기게 된다고 한다.

어떤 사람이 나무에서 알이 막 부화하려는 듯 조금씩 요동치는 누에고치를 발견했다. 그는 나방이 고치를 뚫고 나오는 과정을 관찰하기 위해, 고치 옆에서 배고픔도 참고 기다렸다. 누에나방은 안에서 필사적으로 몸부림을 치는 듯했지만, 쉽게 뚫고 나오지 못했다. 아니 빠져나올 힘이 더 이상 없어 보였다.

옆에서 지켜보던 그는 더는 참지 못하고, 나방의 고통을 덜어주어 조금 더 쉽게 나올 수 있게 하기 위해, 작은 가위로 고치를 찢어 나올 수 있는 구멍을 만들어 주었다. 얼마 지나지 않아 나방은 그 구멍으로 아주 쉽게 기어 나왔다. 그런데 고치에서 기어 나온 나방의 몸집은 몹시 뚱뚱하고, 날개도 펴지 않은 채 몸에 붙어 있었다. 고통을 뚫고 나와야 누에 때의

지방이 날개로 빠져나가 살이 빠지고 날개도 제 구실을 할 정도가 된다는 것을 그는 몰랐던 것이다.

결국 그 나방은 하늘로 날아올라 나방으로의 아름다운 모습을 보여주지 못했을 뿐만 아니라, 고통스럽게 한참을 기어 다니다가 죽고 말았다.

 **지혜노트**

사랑은 베푸는 것이고, 자신의 사랑을 선사할 줄 알아야 행복한 사람이 될 수 있지만, 그러나 사랑을 베품에 있어서 그 적절함을 지키지 못하면 오히려 큰 재앙을 가져오는 것이다.

66. 씨앗을 뿌려야 열매를 얻을 수 있다.

한 여자가 자신이 새로 개업한 가게에 들어가는 꿈을 꾸었다. 더욱 불가사의한 것은 가게 카운터 뒤에는 천사가 서 있는 것이었다.

그는 꿈속에서,
"여기서는 어떤 것을 팔고 있습니까?"
하고 물었다.
"당신이 생각하는 것은 모두 팔고 있습니다."

이 말을 들은 여자는 자신의 귀를 의심할 정도로 기뻤다. 그리고 모든 사람들이 가장 갈망하는 몇 가지를 사기로 했다.
"그럼 저는 평안, 사랑, 즐거움, 지혜 그리고 완강함을 사겠습니다."
그녀는 한참 생각하다가 보충하여 덧붙였다.

"제 것만 말고 저의 가족 모두의 것도 사겠습니다. 지금 바로 살 수 있나요?"

천사는 웃음 띤 얼굴로 상냥하게 말했다.

"잘못 안 것 같네요. 여기서는 열매를 파는 게 아니라, 씨앗만 팔거든요."

 지혜노트

씨앗을 뿌려야 열매도 맺는 법이다. 그래서 먼저 씨앗을 심어야 한다. 사랑의 씨앗을 뿌리면, 사랑의 열매를 수확할 수 있다. 부지런히 착한 씨앗을 뿌리고, 근면하게 정성 들여 가꾸다 보면, 큰 수확이 되어 돌아오게 마련이라는 사실을 명심해야 한다.

67. 진정으로 강한 사람은 남을 도울 줄 안다

　5살 난 행크(Hank)는 아버지, 어머니, 형이 일하는 산을 따라 갔다. 한창 일하고 있는데 갑자기 비가 내리기 시작하였다. 그런데 그들에게는 우비가 한 장밖에 없었다. 아버지는 우비를 어머니에게 주었고, 어머니는 그것을 형에게 건네 주었다. 그러자 형은 또 행크에게 주었다. 이것을 본 행크는 궁금하여 물었다.

　"왜 아버지는 우비를 어머니께 주고, 어머니는 형에게 주고, 형은 또 나에게 주는 거예요?"

"왜냐하면, 아버지는 어머니보다 강하고, 어머니는 형보다 강하고, 형은 너보다 강하기 때문이란다. 우리는 언제나 자신보다 약한 사람을 보호할 줄 알아야 한다." 아버지의 말을 듣고 있던 행크는 좌우를 둘러보더니, 막 달려가 비바람에 흩날리고 있는 곱고 가냘픈 작은 꽃에다 우비를 덮어주었다.

 지혜노트

진정으로 강한 사람이란, 힘이 얼마나 세고, 돈이 얼마나 많은 것이 아니라, 다른 사람에게 도움을 줄 줄 아는 사람이다. 그런 사람은 책임감이 있어서 어떤 일이든 완전하게 해낼 수 있는 것 이다.

68. 사랑만 있으면 꿈을 이룰 수도 있다.

　영국에 혈육 하나 없이 일생을 고독하게 살아 온 한 노인이 있었는데, 이제는 몸이 허약해지고 병에 시달리게 되어 양로원으로 들어가 남은 생을 보내기로 결심했다. 노인은 자신이 평생 가꾸며 살아온 호화 주택을 팔기로 하고 집을 내놓았다. 집을 사겠다는 사람들이 여기저기서 모여들면서 집값은 8만 파운드를 시작으로 하더니 순식간에 10만 파운드까지 치솟았다. 그런데도 집값은 끝을 모르고 계속하여 오르고 있었다.

　날이 갈수록 찾아오는 사람들이 점점 많아졌지만, 노인은 소파에 기대어 앉아 우울한 눈으로 집값이 올라가는 것만 지켜보고 있었다. 평생 살아온 집을 팔려고 하니 안타깝고 허전한 마음이 들어 망설여졌던 것이다. 병에 걸리지 않았더라면 노인은 집을 팔 생각이 조금도 없었다.

　어느 날 수수한 옷차림의 성실해 보이는 젊은이가 노인을 찾아왔다. 그는 노인에게 다가와 허리를 숙여 작은 목소리로 말씀드렸다.

　"어르신! 전 이 집을 꼭 사고 싶습니다. 하지만 제가 가지고 있는 돈은 1만 파운드뿐입니다. 그러나 만약 이 집을 저에게 파신다면 어르신은 영원히 이 집에서 사실 수 있습니다. 저랑 함께 차도 마시고, 제가 신문도 읽어드리며, 말벗이 되어 드리겠습니다. 저는 어르신을 모시고 이 집에서 살겠습니다. 믿어주십시오."

노인은 젊은이의 말을 듣고 미소를 지으며 연신 머리를 끄덕였다. 결국 노인은 집을 이 젊은이에게 1만 파운드에 팔았다.

 지혜노트

꿈을 이루기 위해 서로 속이거나 잔인하게 싸우고 죽여야 하는 것은 아니다. 때로는 사랑하는 마음만 가지고 있으면 자신의 꿈을 이룰 수도 있는 것이다.

69. 횃불이 되어 암흑을 일깨워야 한다

두 개의 횃불이 화신(火神)의 명을 받고, 세계 각지로 고찰을 떠났다. 두 횃불 가운데 하나는 점화가 되지 않은 횃불이고, 다른 하나는 점화가 되어 있어 언제나 주변을 환하게 비쳐주었다.

얼마 지나지 않아 돌아온 두 개의 횃불은 자신들이 고찰한 상황을 각각 화신께 보고했다. 첫 번째 횃불은 세상은 캄캄한 암흑 속에 잠겨 있었고, 눈앞의 세상은 몹시 나쁜 상황에 빠져 있었으며, 심지어 절망의 끝에 이르렀다고 말했다.

그러나 두 번째 횃불의 보고는 이와는 완전히 달랐다. 그는 어디로 가나 한 줄기의 광명을 찾을 수 있었고, 그리하여 세상은 언제까지나 희망이 있다고 말했다.

이들에게 고찰을 명했던 화신은, 두 횃불의 보고를 모두 듣고 나서는 첫 번째 횃불을 보며 말했다.

"우리가 얼마나 많은 암흑을 만들었나를 잘 생각해 보아야 할 것 같구나!"

 지혜노트

만약 주위의 환경이 암흑에 잠겨있다면, 당신이 횃불이 되어 광명의 사자로서 자신을 높게 들어올리고, 자신을 불태워라. 그렇게 자신의 능력과 지혜를 바친다면, 세상에는 또 한 가닥의 빛이 비추게 되고, 우리가 사는 사회에도 또 한 줄기의 희망이 서광처럼 솟아오르게 될 것이다.

70. 성별이 바뀌는 하이에나의 슬픔

하이에나는 1년에 한 번씩 성별이 바뀐다는 설이 있다. 때로는 수컷이었다가, 때로는 암컷으로 변한다는 것이다.

그런 하이에나가 여우와 친구가 되고 싶었다. 그런데 여우가 자신을 거들떠보지도 않고 마음도 몰라주자 지나가는 여우를 보며 섭섭한 마음에 여우를 나무랐다. 그러자 여우가 말했다.

"나를 나무라지 말고, 자기 자신을 책망해요. 나는 하이에나 당신이 도대체 여자 친구라고 생각해야 할지, 아니면 남자 친구라고 생각해야 할지 도무지 갈피를 잡을 수 없어서 혼란스러워요. 그래서 당신에게 다가갈 수 없는 거에요"

 지혜노트

만약 한 사람이 자주 자신의 안면을 바꾸고, 사람들에게 진정한 모습을 보여주지 않는다면, 사람들은 그 사람이 도대체 어떤 사람인지 갈피를 잡을 수 없고, 당연히 믿음도 생기지 않으니, 따라서 친구가 될 수 없는 것이다.

71. 오만은 자신을 구렁텅이로 몰아넣는다

늦대 한 마리가 산자락에서 왔다 갔다 하며 배회하고 있었다. 해가 서서히 저물어가자 석양은 늦대의 그림자를 아주 길게 비껴 주었다.

늦대는 자신의 산자락에 길게 비친 그림자를 보며 의기양양해서 자신에게 말했다. "나는 거의 200평이나 되는 땅만큼 큰 몸집을 가지고 있는데, 사자를 두려워할 게 뭐가 있지? 나를 동물의 왕이라고 불러야 마땅한 것이 아닌가?" 늦대가 한창 이렇게 허황된 꿈에 흠뻑 빠져있을 때, 사자 한 마리가 갑작스럽게 그를 향해 덮쳐들었다. 사자에게 물린 늦대는 거의 죽어가고 있었다. 그제야 늦대는 뼈저리게 뉘우치며 한탄했다.

"난 참으로 불행한 놈이야! 그놈의 오만 때문에 이제 죽게 되었군 그래!"

 지혜노트

혹은 환경, 혹은 자체 원인에 의해 사람은 늘 착각에 빠지게 되고, 그로 인해 다른 사람 혹은 자신에 대한 판단이 그릇되어, 다른 사람 혹은 자신이 아주 강하거나 아주 약하다고 착각하게 된다. 그리고 그로부터 나타나는 결과는 미루어 알 수 있을 것이다.

72. 당나귀의 짐을 몽땅 짊어진 어리석은 말

말과 당나귀가 먼 길을 함께 가고 있었다. 등에 짐을 가득 실은 당나귀는 말을 보며, "내가 등에 진 짐을 둘로 나누어서 지고 가면 어떨까?"라며 도움을 청했다. 그러나 말은 당나귀의 부탁을 들은 척도 하지 않고 제 갈 길만 갔다. 급기야 지칠 대로 지친 당나귀는 쓰러져 죽고 말았다. 그러자 주인은 당나귀가 지고 가던 짐을 모두 말에게 옮겨 실었다.

말은 깊은 한숨을 내쉬며 중얼거렸다.

"아아! 내가 이렇게 미련한 짓을 하다니. 당나귀 말대로 나눠서 지고 갔더라면 지금처럼 모든 짐을 혼자 떠맡지 않을 수도 있었는데 말이야……."

강한 자와 약한 자는 서로 돕고 협력해야 모두가 편하게 살아갈 수 있다. 다른 사람에게 도움의 손길을 내밀어야 언젠가 내가 도움이 필요할 때 다른 사람의 도움을 받을 수 있기 때문이다.

73. 신뢰를 저버리면 자신이 위험에 빠진다

　먼 옛날 원시림과 가까운 한 목장에 세 마리의 튼튼하고 살찐 수소가 살고 있었다. 세 마리의 소는 어디로 가든 언제나 그림자처럼 붙어 다니면서, 같이 풀을 뜯어먹고 강가에서 같이 물을 마시고, 또 함께 목장으로 돌아와 잠을 자곤 했다.

　그러나 여기에는 이 세 마리의 소를 잡아먹으려고 호시탐탐 기회를 노린 지 오랜 사자 한 마리도 살고 있었다. 사자는 오랫동안 기회를 엿보고 있었지만, 셋이 항상 같이 다녔기 때문에 잡아먹을 수가 없었다. 머리를 굴리던 사자는 끝내 좋은 방법을 생각해 내게 되었다. 바로 세 마리의 소를 이간질해서 갈라놓은 후 한 마리씩 잡아먹는 것이었다.

　하루는 사자가 한 마리 소가 다른 두 마리의 소와 따로 떨어져 풀을 뜯어먹는 것을 발견했다. 사자는 기회를 놓치지 않고 풀밭으로 다가가서 떨어져 있는 한 마리의 소에게 은근한 목소리로 말했다.

　"이보게 친구, 내 말을 명심하게나. 저 두 마리의 소는 이 풀밭을 둘이 차지하기 위해 자네를 죽이려고 계획하고 있다네. 저것 보게나, 지금도 둘이서 귓속말을 주고받으면서 자네 쪽을 힐끔거리고 있지 않나.

자네가 혹시라도 눈치를 챌까봐 두려워 하는 거지."

이 말을 들은 어리석은 수소는 육중한 머리를 돌려 두 마리가 있는 쪽을 쳐다보았다. 아니나 다를까 두 마리의 소는 꼭 붙어 서서 귓속말을 하고 있었다. 그리하여 소는 사자가 한 말을 그만 믿어버렸다. 이 일이 있은 후로 이 수소는 다른 두 마리의 소와 점점 멀어지게 되었고 혼자 다녔다.

며칠 후 사자는 같은 수법으로 두 번째 소에게도 이런저런 거짓말을 둘러댔다. 두 번째 소도 사자의 거짓말을 믿고 이간질에 넘어가 점점 다른 소들을 멀리하게 되었다.

예전에 매일 붙어 다니며 허물없이 지내던 세 마리의 소는 더 이상 가까워질 수 없었고, 단결이 깨진 그들은 심지어 서로 모르는 사이처럼 따로따로 다녔다. 강가에 물 먹으러 갈 때도 시간차를 두고 혼자 다녔고, 밤에 목장의 나무 밑에 누워 잠을 잘 때에도 멀리 떨어져 잤다.

사자는 때가 왔다며 기뻐서 어쩔 줄을 몰라 했다. 사자는 수풀 속에 숨어 있다가 갑작스럽게 뛰어나와 혼자 강가에서 풀을 먹고 있던 한 마리의 소를 덮쳤다. 사자는 소의 목덜미를 물어 부러뜨렸다. 멀리서 풀을 뜯어먹고 있던 두 마리의 소는, 사자가 친구를 삼키는 것을 보면서도, 자신을 배신한 대가이고 인과응보라고 생각하며 도와줄 생각을 하지 않았다.

다음날 사자는 두 번째 소도 잡아먹었고, 그 다음날엔 마지막 남은 소도 사자에게 먹히고 말았다.

 지혜노트

친구를 믿어야 하며, 친구와 합심하여 소인이나 적에게 이간질 당할 기회를 주지 말아야 자기 자신을 지킬 수 있고, 적의 음모 에 넘어가지 않을 수 있는 것이다.

74. 남을 불행에 빠뜨리면 자신도 불행에 빠지게 된다

한 남자가 염소와 당나귀를 한 마리씩 기르고 있었다. 남자는 항상 당나귀에게만 넉넉하게 사료를 주었기에 질투심이 많은 염소는 당나귀가 부럽기도 하고 질투심도 점점 커갔다. 염소가 당나귀를 위로하는 척 하며 말했다.

"너는 무거운 맷돌도 돌려야 하고, 무거운 짐도 날라야 하다니, 네 삶은 그야말로 끝없는 고통의 연속이로구나. 그러니까 병에 걸린 척하고 쓰러져 버리면, 한동안 편하게 쉴 수 있을 거야."

순진한 당나귀는 염소의 말을 그대로 믿고, 염소가 시키는 대로 땅바닥에 쓰러졌다. 그러자 온몸에 멍이 들고 말았다.

주인은 당나귀를 치료하고자 수의사를 모셔왔다. 온몸에 난 상처를 보던 수의사는 주인에게 말했다.

"염소의 심장과 폐를 달여서 약으로 먹이면 당나귀는 금방 건강을 되찾을 것이오."

그러자 주인은 수의사 말대로 당나귀를 치료하기 위해 염소를 잡았다.

 지혜노트

자신의 이익을 위해 다른 사람을 배신하거나 모함하는 사람은, 비열하고 비난을 받아 마땅하다. 남을 불행에 빠뜨리려고 하는 사람은, 언젠가는 자신도 불행의 구덩이에 빠지게 된다.

75. 동료를 팔려고 한 꿩의 최후

한 사냥꾼이 꿩 한 마리를 사로잡았다. 그는 이 꿩을 잡아 점심 때 온 가족이 함께 먹어야겠다고 생각했다.

"선생님, 저의 목숨을 한 번만 살려 주세요. 저를 살려주시면 제가 돌아가서 꿩들을 데리고 와서 은혜에 보답하겠습니다."

꿩은 사냥꾼을 보며 애원했다.

"이젠 너를 죽여도 나는 양심의 가책을 받지 않아도 될 것 같구나. 너는 너만 살려고 네 벗들의 목숨을 선뜻 나에게 내주려고 했으니 말이다. 이것만으로도 넌 죽어 마땅하다 이놈아!"

하며 사냥꾼은 잡은 꿩을 그 자리에서 잡았다.

다른 사람을 팔아먹거나 의리를 저버리고 배신한 사람은, 결국 말로가 좋지 않게 된다. 언제나 또 어떤 일에서나 먼저 친구를 위해 생각하는 사람만이 사람들의 존경을 받고 사람들이 우러러 보게 되는 것이다.

76. 동물에 대한 애정과 인간에 대한 애정의 차이점

어떤 사람이 산에서 돌아오는 길에 새끼 사자 한 마리를 주었다. 그는 새끼 사자를 집으로 데리고 와 길렀다. 그는 새끼 사자에게 맛있는 음식을 먹이고, 목욕을 시키고, 털을 빗어주는 등 아주 작은 부분까지 신경을 써서 세심하게 보살펴 주었다. 그의 정성과 노력으로 인해 새끼 사자도 그를 무척 믿고 따르게 되었다. 새끼 사자는 그의 어깨에 올라가는 것을 좋아하였고, 그의 손과 발을 핥으며 장난을 쳤으며, 그와 함께 산책을 즐기기도 했다. 그러는 가운데 둘은 점점 정이 들어갔다.

사자는 그의 사랑이 가득한 품 안에서 무럭무럭 자라 이미 용맹한 수사자로 성장하였지만, 그의 앞에서는 여전히 온순하고 말 잘 듣는 강아지나 같았다. 어느 날 그의 머릿속에는 용맹한 사자를 타고 여행을 떠나야겠다는 기발한 생각이 번쩍 떠올랐다. 그리하여 그는 사자 등에 올라타고 먼 여행을 떠났다. 긴 여정 동안 사자는 늘 말을 잘 들었고, 흔들림 없이 그를 등에 태우고 다녔다. 지나가는 곳마다 사람들은 가던 길을 멈추고, 하던 일을 뿌리치고 나와 길 양쪽에 늘어서서 이 신기하고 놀라운 장면에 갈채를 보냈다. 사자 등에 탄 그는 갈수록 어깨를 으쓱거리며 의기양양해 하였다.

길 가던 사람들이 그에게 물었다.

"이 사자가 당신을 잡아먹지 않을까요?"

그러면 그는 성난 표정을 지으며,

"말도 안 되는 소리 하지 마세요!"

라며 한 치의 의심도 없이 당당하게 대답했다.

이번엔 거리에서 돌아다니던 강아지 한 마리가 사자에게 물었다.

"형씨는 왜 저 사람을 잡아먹지 않지요?"

그러자 사자가 대답했다.

"말도 안 되는 소리 하지 마라! 이 꼬맹이 녀석아!"

어느 날 그들은 넓은 사막을 지나게 되었는데, 길에서 그들은 큰 모래바람을 만나, 식량과 물을 모두 잃어버리고 말았다. 그는 자신의 처지를 생각하며 여행을 떠난 것을 후회하면서 기운이 없어 보이는 사자를 위로했다.

"친구야! 조금만 참아. 이 사막을 지나면 내가 실컷 배부르게 먹게 해줄게."

이렇게 말하며 사자의 등에서 내려 걷기 시작했다.

하루가 지났다.

사자는 배가 고파서 그의 주위를 맴돌며 고통스러워했다.

이틀이 지나갔다.

사자는 배가 고픈 나머지 그의 손과 발을 핥기 시작했다. 그렇게 사흘이 훌쩍 지났다. 점점 더 배가 고파진 사자는 그를 살짝 물어뜯었다. 나흘째가 되자 사자는 그에게 날카로운 이빨을 드러내며 으르렁 거렸다. 그리고 다섯 째 날이 되었을 때, 사자는 뻘겋게 충혈 된 눈을 부릅뜨고 그를 잡아먹을 듯이 쳐다보았다.

그는 이런 사자를 안쓰럽다는 듯이 다가가 어루만지려고 했다. 그런데 그때 사자가 힘껏 뛰어올라 그를 확 덮치더니 눈 깜빡할 사이에 그를 갈기갈기 찢어버렸다. 마지막 죽는 순간까지도 그는 사자가 자신을 잡아먹을 수 있는지 이해를 못했다.

 지혜노트

정은 인간과 동물 간에도 생기고, 인간과 인간에게도 있다. 전자의 정은 차별의 정이고, 후자는 동등의 정이다. 따라서 전자의 경우는 인간의 경제적 기초가 안정되어야 지속될 수 있는 것이고, 후자는 신뢰가 필요한 것이다. 따라서 생사와 존망의 위기에 처하게 되면 전자의 경우는 흉악하고 잔인한 본래의 모습이 드러나게 되고, 후자는 서로 돕고 의지하는 모습이 나타나는 것이다. 다만 가끔씩 전자와 같은 애욕을 드러내는 인간이 있다는 점을 명심해야 한다. 친구라고 떠들던 자가 갑자기 치명적인 일격을 가해오는 경우도 있기 때문이다.

77. 친구를 배신한 후과

　당나귀와 여우가 한 팀이 되어 함께 사냥을 나갔다. 길에서 그들은 갑자기 사자를 만나게 되었다. 여우는 큰일이 날 것 같은 심상치 않은 상황을 눈치 채고 위험을 모면하기 위해, 얼른 사자 앞으로 뛰어가 자신의 목숨만 구해준다면, 당나귀를 사자에게 바치겠다고 약속했다. 사자는 그렇게 하라고 대답했다. 여우는 당나귀를 유인하여 함정에 빠뜨렸다. 당나귀가 꼼짝 하지 못하고 있는 것을 확인한 사자는 곧바로 여우부터 먼저 잡아먹었다. 그런 다음 다시 당나귀를 잡아먹었다.

 지혜노트

　의리를 저버리고 친구를 배반한 자는 그 최후가 반드시 좋지 않다. 이것은 결코 도덕적인 의미에서 설교를 늘어놓는 것이 아니라, 사회에 실제로 존재하는 진리이다. 친구는 팔아먹거나 이용하는 존재가 아니라, 단결하고 협력해야 하는 대상이다.

78. 세상일은 생각한 것과 정반대가 되는 경우가 많다

한 쪽 눈이 먼 사슴 한 마리가 풀을 뜯으러 바닷가 근처 풀밭으로 왔다. 사슴은 사냥꾼의 공격에 대비하여, 잘 보이는 눈으로 육지 쪽을 주시하며 풀을 뜯었다. 다른 한 쪽의 보이지 않는 눈으로는 바다 쪽을 보았다. 사슴은 바다 쪽으로는 아무런 위험이 존재하지 않는다고 생각하였기 때문이다. 그런데 이때 예상하지 못한 상황이 벌어졌다. 마침 배를 타고 이 곳을 지나가던 사람이 바닷가에서 풀을 뜯고 있는 사슴을 발견하고 화살을 쏘아 피할 생각도 안 하는 사슴을 쉽게 쓰러뜨렸던 것이다. 사슴은 숨을 거두면서 혼잣말로 중얼거렸다.

"나는 참 불행한 사슴이야! 위험한 육지 쪽에만 신경을 곤두세우느라 안전하다고 믿었던 바다로부터 돌이킬 수 없는 재앙을 받았으니 말이야!"

생활 속의 많은 일들은 늘 자신이 예상한 것과 정반대로 나타난다. 위험하다고 생각하였던 것은 오히려 안전하고, 안전하다고 믿었던 것은 도리어 위험해지는 경우가 있기 때문이다.

79. 무익한 친구만 두었던 병든 사슴의 후회

병에 걸린 사슴 한 마리가 맥없이 풀밭에 누워 있었다. 많은 야생 친구들이 병에 걸린 사슴이 걱정되어 풀밭으로 찾아왔다. 그리고는 그가 힘이 없어 뜯지 못하고 남아 있는 주변의 풀을 몽땅 먹어버렸다.

며칠 후 병이 다 나은 사슴이 풀을 먹으려고 주변을 둘러보니 풀 한 포기조차 보이지 않았다. 풀을 찾아 먹을 수 없었던 사슴은 간신히 회복한 몸을 건사할 수가 없어 결국 병이 다시 도져 죽고 말았다.

친구는 신중하게 사귀어야 한다. 사귀어 도움이 되거나 배울 점이 하나도 없는 친구를 너무 많이 사귀면 그것은 백해무익한 일이다.

80. 나쁜 친구를 둔 황새의 최후

농부는 금방 파종을 마친 밭에 얼기설기 그물을 쳐놓았다. 아무것도 모르고 씨앗을 먹으러 왔던 두루미들이 그물에 걸려 잡히고 말았다.

그 속에는 황새 한 마리도 함께 잡혔는데, 다리가 그물에 걸려 부러져 있었다. 황새는 농부에게 목숨을 살려달라고 애원했다.

"한번만 너그러이 용서해 주세요. 제발 저를 가엾게 생각해 주세요. 저는 두루미가 아니고 황새입니다. 저는 천성이 우아하고 아름다운 새입니다. 이걸 보세요. 저는 부모님에게 효도하기 위해 항상 부지런하게 일하고 있지요.

그리고 제 깃털을 자세하게 보세요. 두루미와 완전히 다르지요." 그러자 농부는 크게 웃으며 말했다.

"네가 하는 말이 무슨 뜻인지는 알겠지만, 그건 내가 상관할 바가 아니다. 나는 네가 저 씨앗을 도둑질하러 온 두루미들과 함께 잡혔다는 사실과, 그들과 같이 잡혔으니 같이 죽어야 한다는 것밖에는 모른다."

 지혜노트

많은 사람들은 다른 한 사람을 평가함에 있어서, 그 사람의 주변에 있는 친구들로부터 그 사람이 어떤 사람인지를 보게 된다. 악한 사람과 친구를 사귀면 당신도 그들과 함께 불행을 당할 수 있으므로 절대로 악한 친구를 사귀지 말아야 한다.

81. 옛 친구를 소중히 여기면
새 친구도 많아진다

　한 목동이 한 무리의 염소를 풀밭으로 몰고 가서 방목했다. 그런데 염소 무리 속에서는 '들 염소' 몇 마리가 섞여 있는 것을 발견했다. 저녁 무렵 목동은 모든 염소를 우리에 몰아넣었다. 그리고 이튿날 갑자기 폭풍우가 휘몰아쳤다. 그리하여 목동은 풀밭으로 방목하러 갈 수가 없었다. 그저 염소들을 우리 안에 가둬둘 수밖에 없었다. 목동은 염소들에게 굶어 죽지 않을 만큼의 풀과 사료를 넣어주었고, 특히 어제 합류한 '들 염소'들에게는 더 넉넉하게 사료를 주었다. '들 염소'를 자신의 우리에 잡아두고 자신의 것으로 만들기 위함에서였다.

　비가 그치자 목동은 모든 염소를 풀밭으로 몰고 갔다. 그러나 산 아래에 도착하자마자 '들 염소'들은 모두 도망치고 말았다. 그것을 본 목동은 자신이 특별대우를 해주었음에도 불구하고 은혜를 모르고 도망치는 배은망덕한 놈들이라고 욕을 퍼부었다. 그러자 도망가던 '들 염소' 한 마리가 뒤돌아보며 말했다.

　"바로 당신의 그런 행동 때문에, 우리는 더욱 신중하게 생각했어요.

어제 당신은 금방 들어온 우리들에게 특별대우를 하면서도, 오랫동안 기른 염소들에게는 지나치게 냉정하게 대하는 걸 보았죠. 앞으로 또 다른 '들 염소'들이 찾아오면, 당신은 어제와 똑같이 우리를 냉대하고 그들을 편애할 게 뻔한 데 왜 더 있겠어요!'

 지혜노트

오래도록 함께한 사람은 잘 알기 때문에 소홀히 할 수 있고, 새로 온 사람에게는 기대감 때문에 잘 해주려 하는 게 인지상정이다. 그렇지만 자신과 함께 해온 사람을 도외시 하는 것을 새로 온 사람이 본다면 그는 곧 떠나고 말 것이다.

82. 썩어가는 세태를 한탄하는 대인배의 탄식
- 큰사랑이 필요한 시대 -

중국 청(淸)나라 건륭(乾隆) 황제가 금산사(金山寺) 주지(住持) 스님께 물었다.

"양쯔강 위로 하루에 몇 척의 배가 지나갑니까?"

주지 스님은 편안한 태도로 말했다.

"적지도 않고 많지도 않게 딱 두 척의 배가 지나갑니다."

그러자 건륭 황제가 다급하게 물었다.

"양쯔강 위로 지나다니는 배가 아주 많은 게 아니었습니까? 왜 두 척밖에 없는 거지요?"

주지 스님은 강의 한가운데를 가리키며 말했다.

"시주(施主)께서 모르는 것이 하나 있습니다. 이 위로 비록 많은 배가 지나다니지만, 어디까지나 명예와 이익을 위해 움직이는 배뿐입니다."

건륭 황제는 느끼는 바가 있다는 듯이 말했다.

"참으로 안타까운 일입니다. 중생들에게 가장 필요한 배를 운전하는 사람이 없다니 말입니다."

여기서 건륭 황제가 말한 "중생들에게 가장 필요한 배란 어떤 배일까요?"

그것은 명예와 재부를 위해 동분서주하는 배가 아니라 백성들이 두루 잘 살 수 있도록 원활한 유통을 위해 동분서주하는 배를 말하는 것이었다. 다시 말해서 무슨 일이든 자신의 이익에 앞서 천하의 이익을 위해 일하는 사람들이 점점 적어지고 있음을 한탄하는 말이었다.

 지혜노트

이 세상의 중생들이 가장 갈망하는 것은 괴로움에서 벗어나는 세상에서 사는 것이다. 그런 세상을 만드는 것은 한두 명의 영웅에 의해서 만들어 지는 것이 아니다. 모든 한 사람 한 사람이 자신의 능력에 따라 각자에게 주어진 역할을 다 할 때에 이루어 지는 것이다. 그런데 시대가 발전할수록 자신의 이익만을 추구하는 세태가 더욱 두드러지고 있다. 청나라가 건륭 황제 시대부터 쇠락해 간 것도 이런 세태가 만연해지면서 시작된 것이다.

83. 총명한 자는 적을 친구로 만들고, 우둔한 자는 친구를 적으로 만든다

춘추시대 초(楚)나라의 왕 초장왕(楚莊王)은 어느 날 많은 신하들과 함께 술잔을 기울이고 있었다. 한창 술을 마시고 있는데, 어딘가에서 바람이 갑자기 훅 불어와 촛불이 모두 꺼지고 말았다. 이때 한 사람이 술에 취해 음기가 발동해 궁녀의 옷을 잡아당겼다. 그러자 궁녀도 그 사람의 모자 끈을 잡아당겨 뜯었다.

궁녀는 초장왕에게 어둠을 틈타 자신을 희롱한 자가 있어 그의 모자 끈을 뜯어놓았으니 찾아서 엄벌에 처해달라고 간청했다. 그러자 초장왕이 명했다.

"지금부터 촛불을 다시 잠시 끌 테니 자리에 앉은 모든 사람은 당장 자신의 모자를 풀어 바닥에 내려놓도록 하시오!"

궁녀의 옷을 잡아당긴 사람이 누구인지 모르게 하기 위해 모자를 풀어 바닥에 내려놓게 했던 것이다. 다시 초를 켰을 때는 누가 궁녀의 옷을 잡아당겼는지 구별할 수가 없었다. 군신들은 계속하여 술을 마시며 분위기는 다시 고조되었다.

몇 년 후 초나라와 진(晉)나라 사이에 전쟁이 일어났다. 그때 한 무장(武將)이 최전선에서 용맹하게 적을 무찌르며 승전을 거듭하고 있다는 소식이 초장왕에게 전해졌다. 초장왕은 의아하게 생각했다.

평소 그 무장에게 특별하게 잘해준 적도 없는데, 왜 생명의 위험을 무릅쓰면서까지 그리 용감하게 싸우는지 의문이 들었던 것이다.

그래서 전쟁이 끝나고 그를 불러 "왜 그리 용감히 싸웠느냐?"고 물었다. 이 용맹한 장수는 왕을 위한 신하의 충성 때문이라고만 아뢰었다.

그런데 그는 다름 아닌 연회 때 궁녀의 옷을 잡아당겼던 그 사람으로, 당시 자신을 위해 꾀를 써주었던 초장왕의 은덕에 보답하고자 전선에서 용감무쌍하게 싸웠던 것이다.

초장왕은 국난이 눈앞에 닥쳤을 때, 용감하게 싸워서 적을 물리치고 나라를 구한 무장을 호국대장군에 봉했다.

지혜노트

**총명한 사람은 자신의 적을 친구로 만들고, 머리가 단순한
사람은 주변의 친구를 적으로 만든다.**

84. 미워하는 사람일수록 친절하게 대해주면 내 사람이 된다

농촌 마을에 사는 한 젊은 여인이 의사를 찾아와 말했다.

"선생님! 저희 시어머니를 빨리 돌아가시게 할 수 있는 독약이 없을까요? 시어머니의 갖은 학대에 저는 정말 제명을 다하지 못할 것 같아서 그럽니다."

의사가 그에게 방법을 일러주었다.

"당신 시어머니에게 달콤한 위니(芋泥, 삶은 토란을 으깨서 만든 디저트)를 만들어 자주 드시게 하세요. 백 일이 지나면 시어머니는 아무 병도 없이 돌아가시게 될 거요."

처방을 받아 간 여인이 백 일이 지났을 때 울면서 의사를 다시 찾아왔다.

"시어머님의 태도가 완전히 바뀌셨어요. 지금은 저에게 아주 친절하게 대해 주세요. 그런데 시어머님은 이미 백 일 동안 단 위니를 드셨단 말이에요. 이 일을 어떻게 하면 좋아요?"

여인의 말을 듣고 의사가 웃으며 말했다.

"걱정하지 말아요. 당신의 시어머니는 돌아가시지 않을 테니까요."

단 위니는 사람을 죽이는 독 있는 음식이 아니라 달고 맛 좋은 정성이 담긴 후식일 뿐이었다.

시어머니는 자신을 위해 늘 웃으면서 시중을 들고 맛있는 단 위니까지 자주 만들어 주는 며느리가 점점 마음에 들었고 고맙게까지 여기게 되었다. 그리하여 며느리를 대하는 시어머니의 태도는 달라졌고, 친절하고 상냥하게 며느리를 대해 주었던 것이다.

 지혜노트

원한은 더욱 많은 원한을 낳을 뿐이다. 마찬가지로 다른 사람에 대해 더 많은 사랑을 베풀다 보면, 사랑도 더 많이 생기게 된다. 다른 사람이 당신에게 친절하게 대해주기를 바란다면, 당신이 먼저 친절하게 대해주도록 해야 한다.

85. 나쁜 짓은 언제나 후과가 뒤 따라 오기 마련이다.

병에 걸려 죽어가는 새끼 솔개 한 마리가 엄마 솔개에게 말했다.

"어머니, 너무 슬퍼하지 마세요! 슬퍼하시지 말고 저의 목숨을 지켜달라고 천지신명께 간청을 드려주세요."

그러자 어머니가 말했다.

"아이고, 가엾은 내 새끼! 어머니가 간청을 드린다 한들 어떤 천지 신명이 너를 가엾게 여겨 그 기도를 들어주시겠니? 네가 천지 신명 들에게 바치는 제단 위의 제물을 항상 훔쳐 먹었으니 말이다. 내가 기도 하면 오히려 모든 천지신명들께서 노하실 것이다. 이놈아!"

 지혜노트

의롭지 못하고 나쁜 짓을 많이 저지르면 끝내는 신의와 친구를 잃게 되고, 어떤 고난에 부딪쳤을 때 다른 사람들의 도움을 받을 수 없게 된다. 우정을 지키기 위해 부단히 노력해야만, 우리가 어떤 어려움 에 처했을 때 주변의 친구들도 도움의 손길을 내밀어 주게 된다.

86. 도움은 말로 하는 게 아니라
행동으로 해야 한다

살모사는 늘 샘물 옆에 가서 물을 마시곤 했다. 거기에는 사실 물뱀이 살고 있었다. 그렇기 때문에 물뱀은 자신의 영토에 만족하지 못하고 기어이 자기가 사는 영지로 들어와 물을 마시는 살모사를 몹시 못마땅해 했다. 이날 몹시 화가 난 물뱀은 참지 못하고 나와 살모사에게 더 이상 오지 말라고 경고했다.

이렇게 시작된 그들의 다툼은 갈수록 심해졌다. 결국 둘은 정식으로 전쟁을 선포했다. 그리고 이번 전쟁에서 이긴 자가 이 구역을 가지게 된다고 약속했다. 교전의 날짜가 결정되자 평소 물뱀에게 원한을 품고 있던 청개구들이 살모사를 찾아와 응원하면서, 전쟁에서 그를 위해 조금이나마 힘을 보태겠다고 큰소리로 약속했다.

드디어 전쟁이 시작되었다. 살모사는 처음부터 물뱀을 향해 맹공격을 가했다. 그러나 청개구리는 옆에서 소리만 지를 뿐 아무런 도움도 주지 않았다. 사실 처음부터 나설 생각을 하지 않았던 것이다.

전쟁결과는 살모사의 승리로 끝났다. 살모사는 자신을 돕겠다고 약속해놓고, 정작 전쟁이 시작되자 전혀 도와줄 생각을 하지 않고 옆에서 노래만 불렀던 청개구리들을 크게 나무랐다. 그러자 청개구리들이 당당하게 말했다.

"여보게 친구! 오해하지 말게나. 우리가 돕겠다고 했던 것은, 어떤 행동으로 돕겠다는 것이 아니고, 당신을 위해 응원하겠다고만 했었네. 그렇지 않은가?"

한심하게 그들을 믿었던 살모사는 그 후 청개구리를 한 마리 씩 모두 잡아먹었다.

친구를 도우려면 공염불에 지나지 않는 터무니없는 말들만 부풀려 늘어놓을 것이 아니라, 구체적인 행동을 통해 친구를 지원해 주어야 한다. 친구의 가장 중요한 역할은 서로의 속마음을 털어놓는 대상이 되는 것이 아니라, 서로 돕고 지지해 주는 것이다. 서로 속마음을 나누고 들어주는 것은 그 중의 아주 작은 부분이므로 거기에만 머물지 말아야 한다.

87. 자신의 이익만 챙기려 하는 자는
누구의 도움도 받지 못한다

농부 갑과 농부 을은 밭 농사일을 마치고 함께 집으로 향했다. 돌아오는 길에 길바닥에 덩그러니 놓여있는 도끼를 발견한 농부 갑이 얼른 달려가 주었다. 그는 주은 도끼를 샅샅이 훑어보더니 새것이라고 흐뭇해하며 집으로 가져가 자기가 쓰려고 했다. 그 때 농부 을이 도끼를 보더니 말했다.

"우리가 도끼 하나를 발견했네 그려."

그러나 농부 갑은 이 도끼를 제일 먼저 발견한 사람은 자신이기 때문에 도끼는 자기가 가져야 된다고 생각했다. 농부 갑은 농부 을의 말을 못마땅해 하며 퉁명스럽게 말했다.

"이보게, 자네 말은 틀렸네. '우리가 발견했다'고 말하면 안 되는 것 아닌가? 이 도끼는 분명 내가 먼저 보고 주웠기 때문에, '당신이 도끼를 발견했구려'라고 말해야 맞는 거라네."

그들은 불편함을 잠시 잊고 계속하여 걸어갔다. 농부 갑의 손에는 여전히 주은 도끼가 들려 있었다.

그때 저 멀리서 누군가가 헐레벌떡거리며 달려왔다. 두 사람에게 가까이 온 그는 농부 갑의 손에 있는 도끼를 보더니,

"아! 내 도끼로군"

하며 빼앗으려 했다.

농부 갑은 자신도 모르게 도끼를 뒤로 빼며,

"아니 이게 왜 당신 도끼야?"

하며 그를 나무랐다. 그러자 도끼 주인도 지지 않고 자신이 도끼를 어떻게 구입했고, 특징이 뭐이며, 값이 비싼 거라면서 영 안 돌려주면 관가에 가서 고발하겠다고 했다.

그리고는 농부 갑이 절대로 안 돌려주려는 모습을 보이자 도끼 주인은 곧바로 관가로 가겠다면서 여기서 기다리라고 두 사람에게 엄포를 놓고 다시 오던 길로 돌아갔다.

그러자 농부 갑의 눈빛이 불안해지는 듯 하더니 농부 을을 힐끗 쳐다보면서 말했다.

"어떻게 하지? 우리가 당장 포도청에 끌려가게 생겼으니 말이야!"

농부 을은 갑의 말을 듣고는 도끼를 가지려고 했던 사실을 둘의 책임으로 돌리려 한다는 것을 눈치 챘다. 농부 을은 아주 엄숙한 표정으로 갑에게 말했다.

"자네도 말을 틀리게 하는군 그래! 방금 전 도끼는 당신 혼자 발견하고 주은 거라고 말했잖소.

그러니 이제 포졸들이 오면 당신은 '내가 당장 잡히게 생겼소'라고 말해야지, '우리가 당장 잡히게 생겼소'라고 말하면 안 되는 것 아니오?"

부당하게 자신의 이익만 챙기려고 들면, 당신이 어려움에 처했을 때 다른 사람들도 도움을 주려고 하지 않는다. 친구 사이지만, 만약 당신이 자신의 성과를 상대방과 전혀 나눌 마음이 없다면, 상대방에게 당신의 고통을 나누어 주려고도 하지 말아야 한다.

88. 평상심을 잃지 않고 행동하면 반드시 좋은 결과가 기다린다.

기무라 사무소(木村事务所)는 최근 몇 년 동안 일이 순조롭게 풀려 발전이 빨랐다. 그런데 요즘 들어 한 가지 잘 해결되지 않는 일이 생겼다. 근교에 치과재료 공장을 세우는데 아주 적절한 건축부지가 있어, 기무라 회장은 반년 동안이나 그 건축부지 주인을 수도 없이 만나면서 온갖 방법으로 설득하였지만, 완강하고 고집이 센 늙은 과부는 끄떡도 하지 않았다.

눈이 내리던 어느 날 노부인이 볼일을 보는 길에 기무라 사무소에 들렀다. 그녀는 기무라 회장을 만나 "그 건축부지는 죽어도 팔 생각이 없으니, 단념하세요!"라고 마지막으로 똑똑히 말해주려는 생각에서 들렀던 것이다.

사무소 문을 열고 들어선 노부인은 자신이 신고 있던 더러워진 나막신을 보았다. 이것을 신고 깨끗이 청소되어 있는 사무소에 들어가는 것이 실례일 것 같아, 이러지도 저러지도 못하고 그대로 문 앞에 멍하니 서 있었다.

"어서 오세요!"

이때 안면도 없는 한 젊은 여직원이 노부인을 반갑게 맞이하며 인사를 했다. 그리고 사무소에 마침 노부인께 드릴 슬리퍼가 남아 있지 않자, 여직원은 자신이 신고 있던 슬리퍼를 선뜻 벗어 노부인 앞에 가지런히 놓아주었다. 그리고 환하게 웃으면서 말했다.

"죄송해요. 제가 신고 있던 슬리퍼를 신으셔도 괜찮으시겠어요?"

여직원은 자신의 발바닥이 축축하고 차가운 것은 아랑곳하지 않고 머뭇거리며 들어오지 않는 노부인을 향해 말했다.

"언짢게 생각하지 마시고, 신으세요. 저는 괜찮아요."

그런 다음 슬리퍼를 들어 노부인에게 신겨주기까지 했다. 그러면서,

"할머니, 어느 분을 찾으세요?"

하고 물었다. 그러자 노부인은,

"고마워요. 기무라 회장님은 계신가요?"

"네, 회장님은 위층에 계세요. 제가 모셔다 드릴게요."

하면서 마치 딸이 어머니를 부축하듯 친절하게 노부인의 팔짱을 끼고 천천히 계단을 올라갈 수 있게 했다.

노부인은 발바닥에 닿은 슬리퍼에서 그녀의 따뜻한 체온을 느꼈다. 그러나 더욱 그녀를 따뜻하게 한 것은, 낯선 여자아이의 그 따뜻한 마음이었다. 계단을 오르면서 노부인은 문득 깨달았다.

"그래, 나는 너무 내 자신의 이익만 생각한 것 같아. 이래서는 안 되지 안

되고 말고. 다른 사람을 위해 베풀 줄도 알아야 하는데 내가 너무 욕심을 부렸어."

여기까지 생각한 노부인은 그 부지를 기무라 사장에게 팔겠다고 마음을 바꾸고는 사장을 보자마자 이렇게 말했다.

"이봐요 사장! 내 이 여직원 마음 씀씀이를 보고 당신을 다시 생각하게 됐어! 부지를 팔 테니까 이 여직원 덕인 줄이나 아시 게나!"

 지혜노트

때로는 아주 작은 행동 하나 혹은 따뜻한 말 한 마디가 어떤 일의 발전 과정에서 중요한 전환점이 된다. 언제나 어질고 따뜻한 마음으로 사람을 대하게 되면, 언젠가는 더 큰 복이 되어 돌아온다는 것을 명심해야 한다.

89. 진심을 내보이면 누구나
다 공감하기 마련이다

해가 지고 어둑어둑해질 무렵인데다 한 겨울의 눈발이 강풍에 흩날리고 있어 넓은 강을 이번에 건너면 늙은 사공이 다시 건너오기에는 힘든 상황이었다. 그때 네 사람이 마지막 배를 타려고 나루터에 도착했다. 그들 중 한 사람은 부자이고, 다른 한 사람은 벼슬을 하고 있는 관리이고, 또 한 사람은 무사이고, 마지막 사람은 시인이었다. 네 사람 모두 늙은 사공에게 배를 태워달라고 재촉했다. 배에는 이미 많은 사람이 타고 있어 한 사람만이 탈 수 있는 자리만 남아 있었다. 그러자 늙은 사공이 긴 수염을 어루만지며 말했다.

"탈 자리가 하나만 남아 있는데 어쩌지요? 나머지 분들은 내일에나 건너실 수 있을 텐데 큰일이군요."

하며 짐짓 한탄조로 말했다. 그러자 늦게 온 네 사람 중 세 사람은 자신이 타야겠다며 사공에게 자신이 어떤 사람이라고 소개하기 시작했다. 가장 먼저 부자인 듯한 사람이 새하얗게 빛나는 은전을 가득 꺼내며 말했다.

"나에게는 돈이 얼마든지 있소이다."

그러자 관리라는 자도 뒤질세라 앞으로 나서며 말했다.

"만약 당신이 나를 태워준다면, 나는 당신에게 나루터에 대한 이권을 더욱 늘려 주겠소."

이 말을 듣던 무사는 주먹을 불끈 쥐면서 화난 목소리로 사공을 몰아붙였다.

"만약 나를 먼저 태우지 않는다면 당신 요절날 줄 알아!"

그러자 사공은 아무 말도 하지 않고 불안해하는 마지막 사람을 보며,

"당신은 왜 아무 말도 안하죠? 오늘 안 타도 됩니까?"

늙은 사공은 세 사람의 말에는 아랑곳하지도 않고 시인에게 물었다.

"휴, 저는 가진 것이 아무것도 없습니다. 그런데 만약 제가 돌아가지 않으면, 집에서 아내와 아이가 애타게 기다릴 텐데 참 걱정입니다."

하는 것이었다. 그러자 늙은 사공은 시인에게 손짓을 하며 말했다.

"당신 사정이 제일 딱하니 어서 배에 타시구려!"

시인은 어떻게 돌아가는 영문인지 몰라 어리둥절해 하며 배에 올랐다. 배가 떠난 후 잠시 안정이 된 시인이 사공에게 물었다.

"어르신, 왜 저를 선택했는지 여쭤 봐도 될까요?"

노인이 노를 저으며 말했다.

"당신의 깊은 한숨과 걱정이 가득한 얼굴에서 당신이 가족들을 생각하는 마음을 읽을 수가 있었소. 그래서 타게 한 것이라오. 돈 있고,

빽 있고, 힘 있는 놈들은 내가 배를 저으며 하도 많이 봐서 그놈들 모두 헛것이라는 걸 잘 알지요."

이처럼 세상에는 물력, 권력, 완력에도 굴하지 않는 경험 많은 사람들이 있기에 굴러가는 것이다. 그래서 세상을 공평하다고 하는 것인지도 모른다.

 지혜노트

진실함은 인간 본성의 가장 바탕이 되는 색깔이다. 언제나 진실되고 성실한 마음으로 사람을 대하면, 그것은 마치 산들산들 봄바람이 스치는 것과 같고(如沐春风), 좋은 차를 마시는 것과 같으며(如啜佳茗), 오래된 벗을 만난 것과 같은 것(如晤故人)이기에, 상쾌함과 편안함 그리고 즐거움과 따뜻함을 느끼게 되는 것이다. 권력, 재력, 완력만이 만능이라는 것이 아니다. 이런 것도 무기력할 때가 있다는 사실을 주지해야 할 것이다.

90. 우정은 대가에서 나오지 않고
진심에서 나온다

관중(管仲)과 포숙아(鮑叔牙)는 젊은 시절부터 서로 뜻이 잘 맞았다. 두 사람은 동업으로 장사를 한 적도 있었는데, 관중은 집이 가난하여 밑천을 얼마 내놓지 못했지만, 포숙아는 전혀 문제 삼거나 마음에 두지를 않았다.

그리고 장사가 잘 되어 돈을 벌게 되었을 때도, 포숙아는 기꺼이 관중에게 이익금을 더 많이 나누어 주었다. 포숙아는 관중이 재물을 탐하는 것이 아니라, 집이 가난하여 급하게 돈이 필요하다는 것을 알고 있었기 때문이었다.

두 사람은 또 함께 병졸 시절을 보냈다. 전쟁 중에 적진으로 돌격할 때에는 관중은 늘 뒤에서, 포숙아는 늘 앞에서 달렸고, 져서 후퇴할 때에는 관중이 앞에서, 포숙아는 뒤에서 뛰었다.

사람들은 모두 관중을 겁쟁이라고 흉을 보았지만, 그럴 때마다 포숙아는 관중을 위해 변호했다.

"관중은 독자로 태어났고, 집에는 연로하신 어머니가 계셔서 그가 살아 있어야 어머니를 봉양할 것 아닙니까? 관중은 절대 겁쟁이가 아니고,

앞으로 큰일을 할 재목입니다."

관중은 그런 친구 포숙아가 너무 존경스러워 감개무량해 하며 이렇게 말한 적이 있다.

"나를 낳아주신 분은 부모님이지만, 나를 알아 준 사람은 포숙아다."

그 후 제나라 공자 소백(小白, 훗날의 제환공)과 공자 규(糾)가 군주 자리를 쟁탈하는 과정에서, 관중이 공자 규를 지지하는 바람에 제환공(齊桓公)의 노여움을 사게 되었다.

그러나 포숙아가 제환공 앞으로 나가 관중을 제(齊)나라의 재상으로 극력 추천하였다. 포숙아를 믿고 있던 제환공은 할 수 없이 지난날의 허물을 따지지 않고 관중을 중용했다.

만년에 관중의 병세가 위중해졌다. 제환공은 관중의 병상을 찾아 관중의 뒤를 이어 재상이 될 만한 사람이 없느냐고 물었다. 그러나 관중은 포숙아를 추천하지 않았다. 그는,

"포숙아는 덕행과 재능은 출중하지만, 나쁜 일이나 나쁜 사람을 지나치게 원수처럼 증오하는 성격이어서, 재상이 될 만한 사람이 아닙니다."

라고 했다. 그 후 일부 소인(小人)들에 의해 관중의 말이 포숙아에게 전해지게 되었다. 소인들은 관중과 포숙아 사이를 이간질 하려는 속셈이었지만, 포숙아는 개의치 않고 오히려 이렇게 말했다.

"관중의 말이 맞네. 만약 내가 재상이 되면 제일 먼저 당신들과 같은 소인배들을 모조리 죽였을 테니까 말일세!"이렇게 해서 "관포지교(管鮑之交)"라는 고사성어가 만들어지게 된 것이다.

 지혜노트

"관포지교"는 친구를 사귀는 전범이 되었고, 고사성어로 남아 지금까지 전해 오고 있다. 이런 우정은 이해관계를 기초로 맺어진 것이 아니고, 서로 신세를 지거나 서로 치켜세우고 아부하는 관계가 아니라, 형편이나 이해관계에 상관없이 대가를 따지지 않고 진심으로 친구를 위하는 두터운 믿음에서 이루어진 것이다.

91. 동반자는 신중하게 골라야 한다

옛날에 짝이 되어 벌판에서 동행하던 두 사람이 있었다. 그 중 한 사람이 담요 하나를 가지고 있었다. 그런데 길을 가던 두 사람은 불행하게도 강도를 만나 담요를 빼앗기게 되었다. 상황이 심상치 않은 것을 보고 다른 한 사람은 풀숲으로 들어가 몸을 감췄다.

담요를 빼앗긴 사람은 전날 금화 한 닢을 담요 귀퉁이에 숨겨두었었다. 그래서 담요를 빼앗기게 된 그 사람은 강도와 담판하기 시작했다.

"이 담요는 금화 한 닢 값이오. 내가 금화 한 닢을 줄 테니 나에게 담요를 다시 주시오. 제발 부탁이오."

그러자 강도는

"금화가 어디 있다는 거요?"

하고 물었다. 그러자 그 사람은 담요의 한 귀퉁이를 터서 금화 한 닢을 꺼내 보여주면서, 친절하게 설명까지 덧붙여주었다.

"이건 정말 좋은 금화요. 정 못 믿겠으면 저 풀숲에 숨어 있는 내 친구에게 감정해달라고 하시오. 저 친구는 훌륭한 금공이니까요."

이 말을 듣고 강도는 풀숲에 또 한 사람이 숨어있다는 것을 알고는,

다른 한 사람의 옷까지 다 빼앗아갔다. 이 미련한 사람은 자신의 담요와 금화를 모두 빼앗겼을 뿐만 아니라, 동행자까지 끌어들여 그의 옷도 빼앗기게 했던 것이다.

 지혜노트

사람은 살아가면서 평생을 혼자 걸어갈 수는 없다. 그러나 동행할 사람을 선택함에 있어는 신중을 기해야 한다. 동행자가 아주 멍청하면 당신은 힘들 것이고, 아주 나쁘면 당신까지 불행을 당하게 될 것이기 때문이다.

92. 상대를 대할 때는 언제나 진실함이 동반되어야 한다

어느 날 여우가 두루미에게 식사를 대접했다. 여우는 아주 인색하게 평평하고 낮은 접시 두 개를 내놓고는, 그 접시 안에 고깃국을 조금씩 담았다. 그리고는 연거푸 말했다.

"두루미 누이, 체면 차리지 말고 많이 드세요."

국이 담긴 접시를 받은 두루미는 몹시 화가 났다. 두루미의 주둥이는 길고 뾰족해서 접시의 고깃국을 전혀 마실 수 없었기 때문이었다. 반면에 여우는 넓적하고 큰 입을 쩍 벌리고 "후루룩" 거리며 한두 입 만에 고깃국을 모두 마셔버렸다. 그리고 모른 체 위선을 떨며 두루미에게 물었다.

"아니 그대로 남아 있네요? 제가 끓인 고깃국이 누이 입에 안 맞아요?"

두루미는 화를 참으며 억지로 웃으면서며 말했다.

"맛있는 점심을 대접해 줘서 고마운데, 오늘은 속이 더부룩해서 먹지를 못 하겠네……. 어쩌지, 네 성의에도 불구하고 남겨서 정말 미안해. 이해해줘. 대신 내일은 우리 집으로 밥 먹으러 와. 내가 맛있는 음식으로 대접할게!"

여우는 마치 기다리고 있었다는 듯이 두루미의 말이 떨어지기 바쁘게 두루미가 남긴 음식을 다 먹으며 대답했다.

"좋지요. 내일 점심 때 꼭 갈게요, 누님!"

여우는 내일 두루미 집에 가서 어떻게든 많이 먹으려고, 이날 저녁에는 아무 것도 먹지 않았다. 이튿날 아침밥도 먹지 않고, 배를 쫄쫄 굶은 채, 점심 일찍 두루미네 집으로 갔다. 두루미네 집에 들어선 여우는 문 앞에서부터 향기로운 음식 냄새를 맡았다. 그는 콧구멍을 벌렁거리며 도대체 무슨 냄새인지 맡아보았다.

"음, 생선 요리를 한 게 분명하군!" 여우는 속으로 무척이나 기뻐했다.

여우는 얼른 들어가 식탁에 앉았다. 얼마 지나지 않아 두루미는 목이 긴 유리병을 들고 와서 여우 앞에 놓았다. 그리고 병 안에 든 생선국을 가리키며 말했다.

"여우 동생 어서 들어. 체면 차리지 말고!"

여우는 무슨 수를 써 보아도 그 좁디좁은 병 입구로 넓적한 입을 들이밀 수가 없었다. 생선국의 향기로운 냄새만 맡고 있자니, 배에서는 계속 "꼬르륵 꼬르륵" 소리만 났고, 입에서는 군침이 "뚝뚝" 떨어졌다. 여우에게 목이 긴 유리병에 든 생선국은 그림의 떡이었고, 두루미가 맛있게 먹는 것만 보고 있을 수밖에 없었다. 두루미는 길고 뾰족한 입을 유리병에 쏙 집어넣고는, 먼저 생선을 먹고 그런 다음 국물까지 깨끗하게 마셨다.

그리고는 예의 있게 여우에게도 다시 한 번 식사를 권했다.

"들어봐. 어서! 왜 안 먹니!"

하며 체면 차리지 말고 씩씩하게 먹으라고 재촉까지 했다.

그러나 아무 것도 먹을 수 없던 여우는 머리를 푹 떨어뜨린 채 쫄쫄 굶으며 집으로 돌아가야 했다.

 지혜노트

잘난 척하거나 잔머리를 굴리는 것은 다른 사람을 대함에 있어서 바람직하지 못한 것이다. 사람과 사이에는 더 많은 진실함이 필요하다. 그 어떤 사람도 거짓과 허위, 위선 속에서 살기를 원하지 않는다. 좀 더 대범하게, 진실하게 사람을 대하다 보면, 언젠가는 예상치 못한 뜻밖의 수확을 얻게 되는 법이다. 그러나 상대에게 위선적인 행동을 하면 결국 돌아오는 것은 허망한 앙갚음만 있을 뿐이다.

93. 어려울 때 도움을 주는 친구가
진정한 친구이다

　아주 오랜 우물 하나가 있었는데, 예전에는 물맛이 좋기로 이름난 우물이었다. 그런데 지금은 물이 말라서 바닥이 드러났고, 우물은 목이 너무 말라 견딜 수가 없었다.

　이때 마침 거위 한 마리가 이 우물 옆을 지나가게 되었다. 이 우물은 거위에게 살려달라고 부탁했다.

　"거위야! 맑은 물 조금만 가져다줄래. 한 방울이라도 좋으니까 말이야."

　거위는 이 우물의 물로 길러 낸 채소를 먹었던 기억이 떠올라, 물을 가져다주겠다고 약속했다. 거위는 물을 가지러 연못으로 왔다. 그런데 마침 연못에서 친구들을 만난 거위는 물장구를 치며 놀이에 빠져 노느라 옛 우물의 부탁을 까맣게 잊어버렸다.

　옛 우물은 거위를 목이 빠지게 기다렸지만 끝내 소식이 없자, 이번에는 청개구리에게 도움을 청했다. 청개구리는 옛 우물에서 마셨던 물의 감미로움을 기억하고 있었다. 그리하여 청개구리도 맑은 물을 얻어 오겠다고 하며 떠났다.

강가에 도착해 보니 떠들썩한 강변에는 구경거리가 엄청 많았다. 이 재미있는 구경거리를 놓칠 수 없었던 청개구리는 옛 우물의 부탁 따위를 들어줄 겨를이 없었다.

거위와 청개구리가 아직도 함흥차사인 것을 보고 옛 우물은 무척이나 실망했다. 말라서 견디기 힘든 큰 입을 벌리고, "물, 물, 물……"하며 고통스러운 신음소리만 내고 있었다. 이때 새 한 마리가 우물 옆에 내려앉았다. 큰 부상을 입은 새는 잠깐 휴식을 취하려고 하였지만, 옛 우물의 고통스러워하는 모습을 차마 볼 수가 없었다. 그리하여 새는 아픈 몸으로 온 힘을 다해 강가로 날아갔다.

새는 자신의 깃털에 물방울을 묻혀가지고 서둘러 우물을 향해 날아갔다. 그러나 부상을 입은 새가 이렇게 행동하기란 그리 쉬운 일이 아니었다. 몇 번이나 내려서 쉬고는 다시 날기를 여러 번 하는 동안 지치고 지쳐버렸다. 결국 오랜 시간이 걸린 끝에 겨우 우물 옆까지 날아오긴 했으나 더 이상 날개 짓을 할 수가 없어, 날개깃에 묻어 있던 물방울을 옛 우물에 떨어뜨릴 수가 없었다.

작은 새는 안타까운 마음에 눈물을 흘리고 말았다. 그런데 그 눈물방울이 옛 우물에 떨어지는 순간 기적 같은 일이 일어났다.

작은 새의 눈물이 떨어진 곳에서 샘구멍이 생겨나 맛좋고 시원한 샘물이 콸콸 솟아나왔던 것이다. 얼마 되지 않아 샘물은 우물의 절반정도까지 차올랐다.

옛 우물은 작은 새의 안타까운 모습을 보며 연실 고맙다는 말만 되뇌이고 있었다.

며칠 후 거위와 청개구리도 소식을 들었는지 다시 옛 우물 옆으로 돌아왔다. 그리고 옆에 쓰러져 있는 작은 새를 비난했다.

"이 얄미운 것은 죽어도 왜 하필 여기에서 죽는 거야. 이렇게 맑은 곳을 더럽히게 말이야……."

듣고 있던 옛 우물이 거위와 청개구리에게 말했다.

"이제 너희들은 여기 와서 물 먹을 생각은 아예 하지 말거라. 너희들이 오면 여기에 사는 독풀들에게 말해서 독물로 변해달라고 할 테니까 말이야!

지혜노트

취할 이익이 있을 때, 많은 사람들은 이익을 위해 너도나도 찾아들고 문전성시를 이룬다. 그러나 그들은 당신의 마음을 헤아려 주는 진정한 친구라고 말할 수는 없다. 진정한 친구는 어려울 때에야 알아볼 수 있는 것이고, 환난 속에서만 진정한 우정을 알아볼 수 있기 때문이다.

M/E/M/O/